HARU、SHINAN

感謝您購買了《春光。已逝》。

印刷簽名

春光已逝

紗倉真菜

瑞昇文化

目次

春，逝

春、死なん

富雄的眼皮，被男人細長的手指用力撐開。他眼底冒出溫熱的淚水防止眼睛乾燥，男人腐朽的氣息直沁他的眼珠。「嗯，還是沒發現任何問題。」男人別過頭，在病歷表上寫下一堆富雄看不懂的字跡。「你的眼角膜既滑溜又漂亮呢。」這名五十開外的醫生大大點著頭作出結論。

富雄不服，怎麼可能什麼狀況也沒有？消毒水的臭味隨著滑稽的「噗咻」一聲瀰漫整座診間，醫生仔細將消毒水抹在兩根指上，轉過來告訴富雄：「我會先開幾種眼藥水給你點點看。」

不對。事情不是這樣的。

富雄的眉頭鎖得更深了。

「醫生，我剛才也說了，我的眼睛裡『有什麼玩意兒』。」

「哦，對、對。你說『眼睛好像塗了一層油，整個世界看起來朦朦朧朧的』。」

「是啊。」富雄深深頷首。

「話是這麼說……」醫生面露難色，「但一般到了畠山先生你這樣的年紀，身子感覺有些小毛病也不奇怪。眼睛也是。你想，我們畢竟是生物嘛，上了年紀總會變得沒那麼新鮮囉。」醫生雙手抱胸，大大「嗯——」了一聲。

「我想單純只是視力下降而已。」醫生緩緩轉頭看向牆上的症狀一覽表，衍生出新的一段沉默，「不過用藥也有適合不適合的問題，總之你先點一個禮拜試試看。你看怎麼樣，畠山先生？」醫生連哄帶騙的語氣激起富雄心中的憤慨。

「不對，不是視力的問題，這一點我可以保證。我就算戴著眼鏡，有時候眼前也會突然扭曲，害我差點摔倒。」「眞教人傷腦筋。」「是啊，我很傷腦筋。」「哎呀，怎麼這麼奇妙。」「你也幫幫忙好不好，我又不是在講什麼鬼故事。」他們的對話從剛才開始就像這樣毫無交集。

富雄的看診時間太長，女護士耐不住性子開門探頭問醫生結束了沒，醫生的臉上瞬間浮現出幾分安心，並再次帶著安穩的語氣面對富雄。

「畠山先生，現在正好是花粉症特別嚴重的時候。其實我也有過那種，整個世界看起來一片模糊的經驗。大概就是去年這個時候。那時候我看天空朦朦朧朧的，以爲是春靄，還傻傻拍下照片，自己覺得很有情調，結果我們家每個年輕護士都說我拍的是PM2．5，眞的是嚇壞我了。花粉症聽起來不嚴重，但其實會發生就是因爲大氣汙染的關係，代表空氣本身就很不乾淨，也難怪你看東西會一片模糊了。我自己好歹也跟花粉症相處了超過十年，有多難受我清楚得很。就算我是醫生好了，眞的發起來也是拿它沒轍。畢竟整片天空都會引起花粉症了嘛。」

這位小診所的眼科醫師時不時眨眨眼，看起來眼睛眞的很癢。

「那我請教一下，我看到空氣中的懸浮微粒又是怎麼一回事？」

「啊？」醫生的臉擠成一副蠢樣，「懸浮微粒？」

「是啊。好像小氣泡一樣在東西周圍動來動去的。」

醫生一瞬間面露懼色，盯著富雄半晌，然後噗嗤一笑。

「我說畠山先生，無論再怎麼努力，就算天塌下來，肉眼也不可能看見空氣中的懸浮微粒啦。以前學校也有教不是嗎？就連視力5．0、動態視力好到有辦法看清楚高速電車上每一位乘客長相的人也一樣。空氣中的懸浮微粒？要是看得到我也想瞧瞧呢。」醫生在病歷表上畫圈圈，嘴裡還戲謔地唸：「懸浮微粒啊。」

「我知道了。」富雄不再爭論，從椅子上起身。

「畠山先生，你這麼煩惱的話，要不要幫你介紹其他醫生？」

「咦？有專門治這種狀況的醫生嗎？」富雄回過頭來，語調不禁上揚。

「我有認識精神科的醫生。」

富雄甩上診間的門，其他患者和護士一齊對他投以冷嘲的眼光。他板起臉接過處方箋，到附近藥局領了他大概只會點個一次的眼藥水，還聽了他不需要的使用說明；他見那瓶眼藥水眼熟，才想起前兩間眼科診所開給他的也是這一瓶。

這陣子，富雄眼睛的異狀愈來愈明顯，已經難以視而不見了。這可不是屁股上的瘀青或頭上的圓形禿，只要不照鏡子就沒事；他除了睡著以外的時間，都能感受到生理上的壓力。無方可解的微恙如一把銼刀，發出不快的噪音，磨損富雄的精力，令他日漸虛弱。

富雄悶悶不樂回到家，坐在沙發上望著漆黑的電視螢幕發呆，這時玄關響起了好幾聲門鈴。他抬起沉重的屁股前去應門，看見孫女靜香氣憤地鼓著原本已經夠通紅的臉頰。

「爺爺，你是不是又在路上大吼大叫了？剛才西条阿姨跟我說的。眞的很丟臉哎。」

西条？富雄記得是住在斜對面的一對夫婦。他們頂多因爲社區通知的事打過幾次照面，並沒有好好聊過天。

「我不是拜託你好幾次不要再這樣了嗎？尷尬死了，再這樣下去我怎麼敢住在這裡。多留意旁人的眼光嘛，你也知道這樣突然鬼吼鬼叫會嚇到人吧？」

富雄看著孫女靠在門邊滔滔不絕，她的臉同樣模糊得像蒙上了一層春靄。她明明才讀高中卻濃妝豔抹，眼影塗得那麼仔細，腮紅也那麼鮮豔。富雄看著看著，那些彩妝逐漸與靜香原本的膚色混合，像被人亂攪似的捲成一個漩渦，眼看就要往她臉的正中央陷進去。

「爺爺我哪有鬼吼鬼叫。」

富雄用力搖頭，心想自己眞的有嗎？印象中他確實有出言抱怨個幾句。

他戴好眼鏡，擠了擠眼，看見一粒一粒的小圓球像葉子上滾動的露水一樣在孫女臉龐周圍蠢動，一下子飄近、一下子飄離……是懸浮微粒！富雄心頭一驚，但故作平常，馬上擺出面對靜香時專用的爺爺表情，就如同其他親切、和藹、善良的老人。

「爲什麼你一出門就變得這麼暴躁啊？」靜香大嘆一口氣。

富雄要靜香關上門，也沒坐下來，便決定向她坦承自己這一陣子以來的不適。靜香一開始還點頭應和，看似能體會富雄的苦惱，後來卻不時停下來思考，聽完後更露出難辨的神情。

「或許眞的該換間醫院比較好。」

「妳當我是神經病嗎！」

「可是這種狀況很多只要接受心理諮商就會好起來不是嗎？你說看得到懸浮微粒，這未免也太超乎現實了。」

靜香伸手要富雄幫她拿衛生紙，富雄從鞋櫃上的面紙盒抽了一張衛生紙給她。靜香從來不肯走進屋裡，好似富雄家有一條看不見的國境。有次靜香脫口說出「誰叫爺爺家的老人味這麼臭」，傷透了富雄的心。她又要了一張衛生紙，擤鼻涕擤得面目猙獰，試圖將流下來的鼻涕連根拔起。

「我今年的花粉症也有夠不舒服的。」

她的鼻子難過得哭了起來。

靜香五官生得端正，只不過鼻翼因乾燥而脫皮；富雄瞧著她的側臉，發覺自己從來不曾爲了鼻炎或花粉症傷過腦筋，但現在這種誰也不能理解的症狀，煽動了富雄內心的不安。

我究竟是怎麼一回事？灑落在庭院的陽光宛如被一層布過濾得柔和；富雄任由朦朧的時光流逝，感覺自己就要被吸進那抹陽光。

就算出門，映入眼簾的景象也只會徒增富雄的焦躁。無論走到哪，每個人都戴著口罩。男女老幼無不舉起了白旗，將整座城市染成一片白，連身高不及富雄腰腹的孩子，也幾乎整張臉罩著一層阻隔外部空氣的白布。白、白、白，這什麼奇怪的文明病？

在美其名春靄的公害風景之中，人人低著頭，風一吹就打噴嚏、駝起背；他們盯著手機螢幕，要死不活拖著步伐，險些撞到富雄時啐上一聲，時不時嘆著氣擤鼻涕。

富雄固定平日午後上超市購買當天晚上要吃的菜、肉，也會隨手帶些現成的熟食。他經過飲料區，來到收銀台，一如往常出示超市的集點卡。

「給我兩雙筷子。」

每次富雄這麼說，收銀員總會疑問：「兩雙嗎？」他接過收據時碰到了中年女性店員豐滿的手，這喚醒了他許久以前撫摸女性身體的溫熱記憶。

富雄離開超市，穿過站前圓環，放慢腳步走在熱鬧起來的商店街。年輕人與上班族魚貫湧入牛肉蓋飯專賣店；早已成爲老人集散地的咖啡廳裡，有名穿著工作服、滿口無牙的男子開懷大笑；招不到客人、門可羅雀的中式餐館店員撐著臉，一臉無趣地看著電視。富雄彷彿透過眼白無意識捕捉外界一幕幕的風景，沒有任何一幕能打動他的內心。他大大的黑眼球則收進推著嬰兒車的年輕人妻和車裡鬧脾氣的嬰兒，窩心懷念之餘，也感覺自己被逼著看了一場名為家庭的秀；那是他早已失去的東西。另一名貌似其丈夫的年輕男子戴著多如星點的耳環，喝著罐裝咖啡，跟在嬰兒車後面一步的距離，一副「我是第二個孩子」的模樣。富雄也曾身處於這樣的光景。回想起來，那樣的日常已是遙不可及的過去。

唉——又開始模糊了。

富雄用力按壓太陽穴，情況好轉了一點。

接著富雄走進便利商店，循著彷彿早已決定好的動線順暢移動，掃視種類豐富的每一款零食，如同要啃盡所有的甜，最後在冷凍食品區停下腳步。他發現冷凍櫃裡多了一款之前沒看過的冷凍煎餃。富雄直盯著那包煎餃，不過他手上已經提了一大袋食品，這麼做只是爲了殺時間。

富雄等到替商品上架的店員從自己身後走過，才急急忙忙跑到收銀台邊。

到底、爲什麼，要擺在收銀機旁？雜誌的陳列方式，並沒有反映出富雄心中分毫的疑問。「巨乳」、「人妻」等撩人的字樣儼如獨立國家，與娛樂雜誌之間隔著一條明確的國境。富雄瞅著這些字，鼓動的情慾馬上自腳底蒸騰。

富雄在新聞上看到，政府爲了迎接東京奧運，下令加強管制成人內容，甚至預計幾年後將成人雜誌盡數撤出便利商店，想必便利商店雜誌區的文化也會逐漸改變吧。然而人們往往不是在狀況明顯改變之前，而是改變之後才會意識到時代的變遷。

富雄迎著雜誌封面女郎送來的秋波暗忖——

……該怎麼辦？

兒子送給他的智慧型手機，他到現在還用不習慣，幾乎只當成有訊號的數位時鐘在用。但富雄偶爾仍會衝動點進一些來路不明的免費色情網站；他懷著受人監視般的緊張感與罪惡感，有一次不慎點到橫幅廣告，跳出索取高額費用的畫面，他不禁慘叫了一聲，直到隔月看帳單才知道虛驚一場。富雄甚至感覺這小小的螢幕深處藏著一片不詳的黑暗，莫名懼怕使用這個什麼都能裝進口袋的「現代產物」，因此從好幾年前開始，他都是用比較傳統的方式排解內心紛亂的慾望。

妻子喜美代的體溫與味道，已經從浴室、從客廳的毛毯、從廚房的角落、從鏡子的些許水垢，最後從他們夜夜纏綿過的棉被消失殆盡。當富雄終於發覺自己形單影隻，家也成了自己一個人的世界後，遺忘許久的性慾也開始襲上心頭，煎熬著他。

喜美代在世時，富雄實在沒辦法做這檔事。與其說沒辦法，應該是不願意的心情制止了他。他沒有理由、也沒有急迫到需要花錢觀賞陌生女人的裸體和性行爲來處理慾望；他只要懇求從不拒絕的喜美代就能夠滿足這份性慾了。

然而現在呢？獨自滿足慾望後隨之而來的空虛感，讓他對自己感到可憐；但在此之前，那份無以名狀的孤獨更將富雄逼到了世界的角落。

……該怎麼辦？

全身關節彷彿都在提醒他行將就木，一個地方疼完又換一個地方痛，疼痛的部位如輪唱般巧妙錯開時機轉移，始終沒有康復的一天。富雄感受到這般凌遲逐步奪走他的體力，他也漸漸不再執著失去的東西。

身體經過如此變化，旁人肯定認爲性慾早就從富雄七十歲的衰老肉體中脫落；然而他的性慾豈止乾涸，反而充沛無比。即使他的性衝動已不及盛年，但仍不容小覷。背駝如蝦的富雄稍微挺起了胸膛，無視關節發出的清脆哀號，在陷入悲觀之前分神去挑選雜誌以備今宵所需。他注視著雜誌封面上加工修飾過的美女照片，全身的細胞都在震動，興奮得感覺自己返老還童，終於下定決心。

當一位客人走進店裡，富雄的身體按下了動作的開關，拿起一本附ＤＶＤ的雜誌。他將紙盒裝的綠茶放在成人雜誌上，於收銀台完成他今天外出的第二次結帳。

富雄回到家後，將滿袋的食物逐一放入冰箱。幾年前他還沒有開伙習慣，冰箱總是空蕩蕩的，現在他看著肉、菜、飲料慢慢堆進冰箱並留有適度的間隔，總會莫名心安。眼見那些終將消耗掉的熱量有條不紊地堆在自己的冰箱裡，讓他感覺像在窺視自己體內般愜意。富雄突然念舊起來，猜想喜美代生前是否也抱著同樣的心情出門採買食材。

富雄望向牆上的掛鐘，已經過五點了。

一束束柔美的陽光摩挲著庭院的草皮，祥和得教人一個不小心就要栽入睡眠。富雄迅速拉上窗簾遮蔽陽光、關掉電燈，按部就班準備；他撥開地上的雜誌報紙清出座位，翻開剛才買回來的雜誌，沿著虛線小心撕開附贈DVD的包裝，將光碟片放入機器後端正了坐姿。

就在那瞬間，窗簾外突然有團黑影跳來跳去。

一陣幼犬般的女性尖聲響徹庭院。

「妳不會來幫忙是不是！」

富雄整個人僵住，他無論聽幾次都無法適應那女人的怒吼。

「妳眞的很煩哎。」

過了一會又傳來差不多尖銳的聲音，但這次是另外一匹富雄熟悉的幼犬勇猛叫了一聲。

「這些幾乎都是妳的衣服哎。」

等媳婦跟孫女收衣服時的拌嘴告一段落後，不知道是誰大力關上了門，震動都傳到隔壁富雄這裡了。

周遭再次回歸寧靜。

「唉，忙死了、忙死了。」

富雄獨自嘀咕著隔壁絕對聽不見的話，緊繃的身體重拾生命，輕輕搖來晃去。

最近人妻系列的女優大多是和靜香年紀相仿的年輕女孩，她們只有情節上和表演上是人妻，本人還是靠濃妝和捲髮「被扮成」熟女。富雄看著大大的標題上一連串淫靡的字詞，還有豐盈的裸體、汗珠橫飛的髮流，再一次感到興奮，並按下了播放鍵；他不熟悉怎麼挑選章節，所以就乖乖從頭照順序看下去。視野猛然矇上一層霧靄，他甩了甩頭。

沒有人會走進這個房間。

兩代同堂[1]乍聽之下好像一家子之間是命運共同體，但富雄這幾年下來已經深刻體悟到，像他們家這種兩家人生活空間完全分開的型態，根本是不同一回事。

富雄退休之後，原本考慮和喜美代搬去那須，但他們的兒子賢治突然提出了兩代同堂的邀請。

「我知道爸媽可能希望老了之後日子過得安穩一點，可是就你們兩個人住在那須那麼偏僻的地方，萬一出狀況的時候怎麼

1 原文爲「二世帯住宅」，日文中的「世帯」爲「一個家庭單位（戶）」。雖然富雄家算是三代同堂，但翻譯時選擇以其住宅本身的設計與文中人物生活情況爲準（祖父母輩一戶、兒孫輩一戶），故譯作「兩代同堂」。

辦？我也要工作，又沒辦法馬上趕過去，要是你們其中一個人病倒了也很辛苦吧。你們又沒有車，到時候怎麼辦？」

賢治不請自來，單方面對他們嘮叨了半天。

「要說偏僻，這裡也滿鄉下的不是嗎？」

「哪裡？兩邊離都心的距離差多了好不好。」

賢治打斷喜美代，看起來再次得出了自己擅自決定的結論。

「所以說我有一個好主意。」

賢治提出的好主意，就是分離式的兩代同堂住宅，而且費用全部由他負擔。

「讓你出這麼多不好吧？」富雄驚訝問道。

「你和媽住在我隔壁我也比較安心，有什麼事還可以互相照應。而且你們不是也說想看著孫女長大嗎？我知道你們可能會擔心兩代同堂常常發生一堆有的沒的，但這是兩間房子完全隔開的形式，所以也能夠保障彼此的隱私。」

當然我不會造成爸你們的負擔。

回過神來，富雄已經被賢治滔滔雄辯的最後一句話說服，瞬間打消了搬去那須的念頭。

富雄和喜美代一點一滴存下來的錢，全花在賢治讀私立大學的學費上了，剩下都是用來安享天年的資金。經歷兒子結婚、孫女出生，替來到他們家的這位新成員慶祝完成長過程中的大小里程碑之後，富雄和喜美代也邁入花甲之年。富雄拿了一小筆退休金，夫婦倆也跑了那須好幾趟，正開心盤算著買下那須一間中古透天厝，不料兒子卻出其不意來訪，抓著兩人大談特談。

兩週後，賢治活像個能幹的業務員，帶著兩代同堂住宅的平面圖再度上門。

「有這麼寬？」

原本喜美代不置可否、默默不語，看到平面圖卻驚呼了一聲。她手指的地方不是房間，而是庭院。

賢治笑得洋洋得意。

「沒錯，媽住這裡也可以弄妳愛的園藝。妳以前夏天不是很常在外婆家種一些蔬菜嗎？」

「嗯……是啦。庭院是不錯啦。」

喜美代的娘家確實種了很多番茄、茄子、青椒之類的夏季時令蔬菜，但那已經是賢治小時候的事了，那些記憶也早已完全脫離富雄的腦海；富雄見他沾沾自喜的模樣，很驚訝他竟然還記得。

「玄關也是分開的，只有庭院是兩家的公共空間。比方說下雨的時候，兩邊都可以幫忙把彼此曬在外面的衣服收進來之類的，這也是兩代同堂的優點……雖然我也說不上來，但不覺得就是會有很多好處嗎？里香也覺得有一個開闊的空間比較好。」

兒子從來沒和父母聊過他們的退休生活，怎麼現在突然提議要一起生活？富雄懷著一絲不悅，不願被兒子牽著鼻子走，卻又覺得照常理來說不該有這樣的念頭。

富雄心想賢治的提議也不算壞，順水推舟也不是不行，而且以往生活上的決定權也都握在喜美代手上。

坐在一旁的喜美代貌似也提不起勁反對，只顧著低頭摳弄自己的指腹。賢治的語氣也轉爲哀求。

「媽——拜託妳，讓我好好孝敬你們嘛。」

獨生子的宿命——這是富雄心中率先浮現的想法。賢治或許是自覺對兩老有所虧欠，覺得自己集父母的眼光與關愛於一身，應當有所回報吧。能照看父母晚年的兒女就只有自己，恐怕就是這般沉重如鉛的責任與宿命滑進賢治心中，促使他突然積極了起來。

富雄心想，賢治那一意孤行的固執個性是遺傳到了自己。

隱居、第二人生，擺脫過往以孩子爲重的生活，搬到陌生的土地，無拘無束、悠悠哉哉度過餘生。富雄之所以這樣想，當然也包含了他們與兒子漸行漸遠後油然而生的顧慮。畢竟血緣就是剪不斷的牽絆。

賢治一心認定這項提議絕對能讓兩老幸福，富雄不知道該怎麼否定他，想了想也不確定自己有沒有否定的理由。就算離得再遠，有困難時能拜託的人也還是只有賢治；富雄內心盼向第二人生而飽滿起來的花苞，這下逐漸枯萎。他對喜美代說：偶爾讓賢治寵寵我們也不賴呢。喜美代一聽，臉上的憧憬驟變爲失望，看起來從一個女人再次變回一名母親。

「好啦，既然賢治都講到這個份上了——」

搞不好眞的很不錯呢。喜美代苦笑道，富雄也點頭附和。

富雄花了點時間達到高潮後，閉上了眼睛。片子一個篇章都不長，只有二十分鐘左右，富雄總會看上兩個篇章。他拿起事先弄濕的毛巾，仔細將孤苦伶仃掛在身體上的那話兒擦乾淨，接著發了好一會的愣，突然感覺冷颼颼的；他回寢室披上帶著歲月痕跡的喀什米爾羊毛針織衫，把電視轉到新聞頻道。他走向廚房，照常開始準備一人分的晚餐。

六年前喜美代過世後，富雄有好一段時間別說是開伙煮飯，家事也要做不做的。他有時會把潮濕的衣服放在洗衣機裡好幾天都忘了拿出來，也曾讓洗碗槽裡的餐具堆到發臭、長蟲，害他驚慌失措。他也是當時才知道，原來光是拿著吸塵器吸過每一個房間就需要費這麼大的力氣，還會搞得滿身大汗。

他現在每天吃的東西也只是把肉和蔬菜的種類換來換去，隨便炒一炒而已。缺乏變化的菜單膩得快，所以他不時會吃一些喜美代在世時不曾買過的現成熟食；這些熟食既便宜、用料又比自己做的豐富，營養價值也很高，但最吸引人的還是方便。他緬懷著過去喜美代每天辛苦準備飯菜的背影，將熟食換盛到小盤子後送進微波爐加熱。最近電鍋也出了問題，明明放的水量和以前一樣，但煮出來要不像稀飯，要不米芯沒煮透。富雄不安地打開電鍋，猜想今天的飯煮出來會是什麼狀況，結果是半生不熟、但還勉強能吃的程度。他拿了兩個碗，各盛了半碗飯，其中一碗放在永遠空下的位子上，再擺上一雙免洗筷，和一盤簡單的炒青菜。

他細嚼慢嚥，注意力被一旁的聲音拉走，聽著年輕外派記者報導國外恐怖攻擊的狀況。

記者身後的大火中突然傳來陣陣爆炸聲，現場氣氛一度緊張，像是警惕悠哉坐在電視機前看戲的觀眾。畫面背景出現提著大把槍枝的青年和崩塌的廢墟，叫喊聲此起彼落，都是平常不會看到的景象。「這裡從前幾天開始⋯⋯」記者一開口，現場畫面突然變得斷斷續續，最後整個停住。畫面切回棚內，坐姿端正的主播帶著溫和的表情安撫觀眾。

「不好意思連線有些不穩。我們緊接著看下一條新聞。」

主播搭配著模擬動畫，報導東京有一名年長駕駛開車撞進商家，造成店內數人送醫，其中兩人陷入昏迷；肇事的老人則只受了輕傷，一週後即可痊癒。富雄聽到年長者一詞時，視線從手邊的盤子移回電視。

「最近這種意外愈來愈多了呢。」

「人年紀愈大愈容易搞錯煞車和油門，發生誤踩油門的狀況，這方面得多注意才行。」

「搞錯煞車和油門，聽起真的好恐怖。」

「是啊。明天就是週末了，希望悶了很久打算開車出遊的民衆也能夠小心駕駛。」

一位專家模樣的男性語重心長地提醒觀衆。

才剛報導完某地青年遊走死亡邊緣、提槍奮戰，後面播接著報這樣的新聞，搞得好像老年人是招來不幸的死神一樣。富雄不寒而慄，一手緊緊按住莫名起雞皮疙瘩的手臂。他皺起眉頭，思忖是不是報導的順序讓他產生這種錯覺。

不對，不是這個問題。富雄心想，自己心裡某處也有同樣的想法。剛才的報導讓他察覺——應該說點醒了他，連年堆在自己心中的灰色雪花究竟是什麼。那灰色雪花就像家中的灰塵，就算什麼都不做也會愈積愈多。不知是因爲淚水還是眼睛的毛病，富雄感覺眼睛上又滴了油；他在一片朦朧的視野裡茫然掃視一件又一件輪廓模糊的家具，覷著蠢蠢欲動的詭異懸浮粒子。富雄整個人彷彿只接收到不得不吃的指令，彷彿爲了死皮賴臉活下去，一股腦兒嚼著飯菜。

……我活著有什麼意義？

富雄關掉電視，打消這個沒有答案的疑問。

*

富雄從家裡附近的站牌搭了三十分鐘左右的公車，原本恬靜的住宅區氛圍，在某個瞬間轉爲毫無生機的濱海工業區景色。那天風勢不大，高爐竄出的煙像被天空吸走了一樣直上雲霄；建築物的皮膚被銅粉和海風染成紅褐色，攀附其上的管線如微血管密布。即便如此與周遭風景格格不入、宛如剪貼過來的肅穆廠房風景，到了晚上也會閃爍著燈火，呈現夢幻的一面。聽說以前這一帶的夜景很像天空之城「拉普達」，還會有許多男人大老遠帶著單眼相機跑來拍照，但最近不知道怎麼樣了。近來減少夜間外出的富雄，已經多年沒見過夜晚的城鎮了。

綜合醫院就在距離工業區的不遠處。這間醫院才剛搬過來，挑高空間頂端的天窗還新得透亮，好幾道光束刺向潔白的牆面與地板，宛如誓不讓任何細菌有傳播的機會似的；這種人工明亮感令富雄感到渾身不對勁。

……又來了。富雄嘆了口悶氣。

明明出門前側腹一帶感覺疼痛，還有點畏寒，一到醫院卻又突然什麼狀況都緩解了；原先從腳底一路延伸到胃腹的壓迫感也早就煙消雲散。到底是因爲看到人而分心，還是因爲馬上就能看到醫生而安心，富雄總是搞不清楚這些症狀到底是被什麼給抹去了。

他雖然猶豫還需不需要看診，但還是前往一樓的櫃檯。坐在櫃台裡翻閱文件的女人瞥了富雄一眼，食指指向富雄背後。他轉過身去，看到連掛號都改成自動化的形式，忽然洩了氣。他心想：這種小事妳好歹自己來吧，就只有這種無謂的地方先進得愚蠢。隨著另一股煩躁萌芽，他改變了腳步的方向，目光停在大窗戶外一棵棵等距栽植的樹木了無生氣的枯瘦模樣。

富雄有時會陷入一種陰鬱，感覺自己無處可去，也深信自己無論去到哪裡都無從改變……他犯了菸癮，用力舔了舔自己的口腔確認是否濕潤，左看右看，然後從胸前口袋掏出菸盒。他握著菸盒在寬闊的院區走了又走，但就是找不到吸菸區。

他只好無奈地離開院區，穿過寬敞的停車場走向大馬路。他透過空氣的震動感覺救護車駛近，然後轉進一條冷清的小巷子。

富雄找了間小小的咖啡廳，快快不樂地點了杯美式咖啡。他發現吧台座位區有菸灰缸，趕緊伸手粗魯地勾過來，點起了香菸。政府為迎接東京奧運而推行的市容整治計畫已經擴及東京角落，起初只是設置獨立吸菸區，現在更有將吸菸區趕盡殺絕的趨勢。原本令人放鬆的吞雲吐霧時光，現在卻因為得顧忌他人而不得不偷雞摸狗。監視癮君子已成全民運動，他好不容易找到這間能夠正大光明抽菸的店，終於放心深吸了一口菸。

牆上裝飾著幾幅餐墊大小的拼布作品，色彩繽紛有如盛開的小花，富雄猜那是老闆個人的興趣。店裡播著小小聲的古典音樂，不仔細聽還聽不到；他整個人放鬆下來，津津有味抽著渴求許久的香菸。他對那首練習曲有印象，但想不起來是蕭邦、德布西還是誰的作品。他吐出的一大口雲霧，像高爐冒出的煙一樣裊裊上升。

富雄呆望著美式咖啡熱氣蒸騰的漆黑表面，打算等它冷一點再喝。他突然察覺吧台旁邊的廚房裡，女人投來了莫名其妙的眼光，於是下意識別開臉；他配合音樂的節奏，手指規律地敲擊桌面。

他打算再坐一下就離開。

就在這個時候——

「……我果然沒認錯人！」

一陣興奮不已的聲音嚇得富雄整個人彈了起來。這個聲音只可能出自一個人，富雄一臉詫異地看向女人。

「你不是孚修嗎？」

……孚修？

富雄花了點時間才將腦中浮現的字與自己從前的綽號連結在一起。

富雄愣愣看著那名又驚又喜的女人。雖然她在這間裝潢新穎的店裡看起來有些突兀，但腰上的圍裙卻格外適合她。她指著自己的臉頰下方，似乎在提示富雄什麼。富雄的左臉頰下方有一塊一圓硬幣大的痣，那是他的一大特徵。富雄摸摸自己的痣，卻摸不著頭緒。

「對，就是那顆痣。我一直覺得你很面熟，可是又很猶豫到底要不要問你，看到那顆痣才驚覺，你不就是孚修嗎。我是溫溫米啊，高坂文江。」

眼前這個臉頰有些鬆弛的女人，是富雄五十年不見的大學學妹。

文江小富雄一歲，他們大學時加入同一個短歌社團。富雄記得自己也是在那個社團認識喜美代的。當時社團成員之間為了拉近彼此距離，幫所有人取了一個從來沒人叫過的洋派綽號，他們或拉長、或縮短、或改變原本名字的音調，每個人的綽號聽起來都很新鮮，但也令人感到忸怩。富雄起初還有些抗拒，不過很快就習慣了。他一頁一頁翻開回憶，也想起文江因為「溫溫米」唸起來跟她喜歡的卡通人物名字有點像，所以很喜歡這個綽號。

「認不出來也很正常。」富雄的表情柔和了不少。

「誰叫你一進門就沒抬過頭。而且你多了好多白頭髮，害我也沒把握。」

太久沒聽別人叫自己孚修，令富雄有些難爲情，不過看著文江的臉，他沒多久便寬了心。雖然文江已不復當年黝黑的健康膚色，不過那下垂的眼尾、微微堆起嘴邊肉的笑容都挾著懷念，領富雄在記憶中確實找到她當年的影子。

富雄摘下眼鏡，雙手搓揉眼睛。

「怎麼，你有花粉症嗎？我勸你別揉了，會愈揉愈癢的。」

「我這不是花粉症。」

富雄硬是打了個呵欠試圖潤濕眼睛。他不是眼睛癢，是看東西模糊。

「眞難得，好羨慕你。」

「現在沒有花粉症的人反而比較難得了嗎？眞教人開心不起來。」富雄嘆了口氣，想起靜香脫皮的鼻翼。

「現在誰有花粉症都不奇怪，連我也有哪。」

文江一屁股坐到富雄旁邊的位子上。店裡只有富雄一個客人。

「孚修，你身子還好嗎？」

「好不好啊，眞要說起來，也好不到哪裡去囉，更別提我最近東西都看不清楚了。」

文江見富雄充血的眼睛，點了點頭表示同意。

「不光是眼睛而已，我也不太清楚自己的身體怎麼了。要說近況，就是連孫女都勸我去看精神科了吧。」

文江若有所思，拿起廚房帶過來的抹布默默擦著桌子。富雄說也沒什花開富貴的消息可以分享，說完後一陣後悔，啜了一口文江泡得不怎麼好喝的咖啡。一想到他在每一間眼科診所遭到醫師隨便的對待，還有靜香對他說的話，憂鬱之情又再次浮出心的水面。

說的也是。文江隔了一會才開口。

「我不知道我的情況跟你類不類似，但我有一次也是整個眼睛好像被一層薄薄的蓋子悶住一樣，感覺很不對勁，所以也跑去給醫生看。我還想說是不是得了白內障還是飛蚊症那一類的病，結果醫生說一切正常。但我還是很擔心，所以裝得好像很嚴重的樣子。如果直接告訴我生了什麼病我心裡還比較舒服一點，不知道要對付什麼、又要怎麼對付，反而讓人七上八下的。沒想到別人竟然開始傳說我得了老年癡呆，簡直把我自己給害慘了。」

「妳也覺得眼睛哪裡怪怪的？」富雄感到訝異。

「對啊。結果最後好像什麼事也沒發生過一樣，回過神來眼睛上那層薄膜已經剝落，東西又看得一清二楚了。」

那是什麼時候的事啦？文江回想。她指頭上閃爍的銀色戒指敲著水杯，聲音像鈴鐺般空靈。

富雄曾和文江上過一次床，不過那也是很久以前他們還在讀書時的事了。即使新的記憶不斷塗蓋過往的回憶，那天的事情卻歷歷在目，絲毫沒有遭到埋沒的跡象，富雄覺得這樣的自己可恥；不知道文江還記不記得他們那段有些急切而短暫的肌膚之親。

他們大學畢業之後，就連一次也沒聯繫過彼此；當時不像現在這麼方便，一台智慧型手機就能瞬間牽回彼此分隔數十年的情誼，而且富雄畢業後也鮮少出席聚會。他與喜美代結婚後，便一腳踏入隔絕外界無線電波與資訊的牢籠——話雖如此，他並不覺得平和的日子有什麼不舒服的地方。

也因此，富雄聽著文江時斷時續、娓娓道來她這些年的事情，不時又憶起什麼似的笑出聲來，都像翻開空白的書頁，一切新鮮極了。她結婚後一直是家庭主婦，膝下無子，牽手四十年的丈夫前年因肺癌過世。她丈夫生前從事知名汽車廠牌的工程師，因此留下了可觀的遺產；雖然文江很排斥動用那筆錢，但偏偏做什麼都需要花錢，所以她最後打算乾脆創個業，替失落的自己打打氣。不過她也苦惱了好一陣子，因爲沒有一技之長，不知道究竟能做什麼。她持續摸索自己的興趣有沒有辦法養活自己，試著把拼布作品拿到朋友的個展上賣，也報名料理教室，最後決定開了這間咖啡廳。

「店是開了，不過也只有附近居民或從醫院出來的人會上門，所以經營狀況不算太好。沒辦法，畢竟開在這種地段，很多客人頂多喝一杯咖啡就走了。」文江笑得有些傷腦筋，看著菜單上五〇〇日圓的標價。

「但也不能老想著要賺大錢啦。這間店比較像是開興趣的，要說經營倒也不至於。」

文江勇於嘗試新事物的積極個性，從前就令富雄備感吃驚；看到她現在年近七十還能做出這種重大決定，富雄實在欽佩她的判斷和執行力。

「這樣子想，那個狀況好像就是從我先生過世後開始的。」

「哪個狀況？」

「剛才說的啊，我眼睛怪怪的狀況。我剛剛才想到，好像就是那段時間的事情。」

「這樣啊。妳也沒小孩，應該覺得很無依無靠吧。」

富雄察覺文江的表情抽了一下，連忙解釋自己沒有惡意。文江微微垂頭，隨即又抬起頭來用力一搖。

「沒事、沒事，我想婚姻和家庭也有很多種形式的。我以前住的地方，附近有間造型奇怪的粉紅色屋子，屋主是個男的，他老婆長得很漂亮，家裡也有小孩，可是他們在孩子還小的時候就離婚了。聽說是因爲他妻子一個不注意，害他養了很久的狗被車輾死了。那個男的天天痛罵他老婆，罵到最後就離婚了。小孩子當然不希望父母離婚，所以好像也很反對，說媽媽沒有惡意、媽媽也很難過，但那男的好像打死都不原諒他老婆的樣子。雖然我沒養過小孩可能沒辦法體會，可是真的有人覺得比起破壞孩子的生活，狗死了更嚴重嗎？孚修，這種事你敢信嗎？我當然知道狗的生命也很尊貴啦……」

沒想到還有人因爲這種事情離婚。富雄心想，並繼續聽文江說下去。

「聽過這種事情後，我就想，很多時候對方最重視的東西是什麼、對方心目中的幸福是什麼，可能要到分開之後才會明白。像我想要孩子卻生不出來，所以一直認爲孩子肯定是我絕對不願放手的幸福……現在一個人雖然寂寞，但也沒有什麼好期待或好失去的東西了，所以其實還有點期待自己最後會怎麼迎接死期呢。」

原來世上也有人像這樣，因爲伴侶失去重要的事物後性情大變，自己無法適應那樣的落差而不知所措。富雄突然想起喜美代，一時說不出話來。

「孚修，」富雄抬起頭來，文江柔聲問他有沒有空。「你能不能幫我吃吃看我新想的義大利麵？我需要有人給我意見。」

文江走進廚房迅速洗了手、拿了鍋子裝水上爐燒。她放著義大利麵在一旁煮，同時俐落切碎泡發的番茄乾。富雄許久沒有像這樣盯著女人下廚的模樣了。文江豐腴的後背似乎感覺到富雄的視線，她背對著富雄開口：

「對了，你記不記得一首和歌是這樣唱的：『天若聞所望　春逝煙櫻下　恰逢如月望日時[2]』。」

橄欖油燒熱後文江加入大蒜，令人垂涎的香氣頓時充斥店內。富雄重新拿穩手邊的咖啡杯，安撫五臟廟的飢渴。

2　原文：願わくは花の下にて春死なん　その如月の望月のころ。

「就是現在這個時候呢。」

富雄馬上在他腦中羅列最後一段的字詞。文江回過頭來，淺淺一笑。

「怎麼突然想到這首和歌？」

「如果可以，我希望在二月十五日的滿月……這裡講的是陰曆，所以換成西曆的話，就像你說的差不多是現在這個時候。而且西行[3]詠的就是『我希望能死在盛開的櫻花樹下』。有趣的來了，西行很幸運，他最後死得就跟自己詠的狀況一模一樣。」

「人都死了，說幸運好像也滿奇怪的。」

「的確。」

文江笑了。

「但嚴格來說其實差了一天，他是在隔天十六日過世的。因為佛祖是在二月十五日滅度，而西行本人又很愛櫻花，所以他才詠出一首這麼美的和歌。」

3 西行：該和歌的作者。平安時代末期至鎌倉時代初期的武士、僧侶、歌人。

「背後有這樣的故事嗎？我不太記得了。」

「他可是明確說中了日期呢，」文江語帶佩服。「簡直就跟《骷髏13》的主角一樣神準，所以我從以前就一直很羨慕西行。」

有什麼東西輕敲著店門，富雄看向窗外，原來是久違的細雨來訪。不若一般午後陣雨的細小虛線點點沾濕了柏油路，門外來來往往的行人加快了腳步。富雄想，現在孫女和媳婦應該也鬥嘴鬥到庭院去了吧。

「別擔心，我這邊雨傘很多。」

文江望著外頭說道，然後視線又移回平底鍋上。她已經準備盛盤，盤子上的茼蒿和番茄因爲沾了橄欖油，色澤更加亮麗。

「妳是羨慕他實現了自己渴望的死法嗎？」

沒錯。文江點頭。

「我有段時間也會想，如果可以的話，希望能在我先生身邊死去。但最後我沒能像西行那樣如願就是了。」

富雄笑說那不是當然的嗎。要是這麼神通廣大，能夠自己決定死期該有多輕鬆。他表面上笑著，但也察覺自己和文江一樣，內心深處蟄伏著一分羨慕，奢望能親手召來死亡。

文江預計春天結束之際推出的新菜色名稱取作「惜春蒜辣義大利麵」，富雄剛吃一口，她便側著頭問好不好吃。富雄回答好吃，不過他嚼得太快，嗆到直咳嗽。與他人邊聊天邊吃飯並不是什麼大事，不過這對富雄來說卻是久違的「日常」。他用心感受逐漸溫暖的五臟六腑，掃空整盤麵。戶外雨勢漸強，給了富雄久留的理由。瞬息萬變的天色將世界與咖啡廳劃開，悄然加溫了兩人遁世的談話。

＊

富雄跟喜美代將家當悉數拆封，託運的家具也送達新家時，玄關的門鈴響起。賢治的臉出現在對講機螢幕上；富雄應門，賢治開朗地邀請富雄和喜美代到隔壁吃飯，慶祝兩代同堂的新生活。

富雄和喜美代一想到他們的媳婦里香，內心閃過一絲緊張。賢治當初提議兩代同堂時，里香並不在場；之前富雄因爲息肉住院時，來探病的也只有賢治和靜香，不難感覺到里香極力避免見公婆的意志。

「你們想太多了啦。里香只是看起來輕浮，其實她有點怕生。」

每次在賢治面前提起里香，總會得到這種神經大條的回答。對於缺乏細膩心思的兒子來說，他們的擔心似乎只是被害妄想。

儘管兩家房子各自獨立，但終究擺脫不了共同生活的框架，彼此不再像以前一樣能夠完全迴避接觸。媳婦在富雄心中一直是一塊芥蒂。

富雄和喜美代一走進兒媳家，便聞到一股濃郁的杉木香，也看到里香在廚房裡手忙腳亂準備晚餐。賢治倒活像個大爺，雙腳大開霸佔了新買的三人沙發。他似乎等不及開飯，先開了罐啤酒，好像在催促里香一樣。啊——好喝。媽你們隨便坐啊。賢治轉眼就乾完一罐啤酒，空罐輕輕敲響了玻璃桌，里香聽到聲音馬上又拿了一罐啤酒過來。富雄和喜美代眼見賢治這副大男人樣，雙雙嘆了口氣。

後來賢治像是被滿桌飯菜的香氣吸引，坐上了餐桌。他打了個豪爽的大嗝，貌似壯了膽，開始吐露心裡話。

「我也是搬來這裡後才終於鬆了一口氣。里香家裡兄弟姊妹這麼多可能不懂，但像我們家就我一個小孩，獨生子難免會背負著一種責任感嘛，畢竟父母晚年的生活就只能由我一個人扛。獨生子聽起來很自由，但也感覺打從出生的那一刻起人生就被綁住了。如果里香能跟媽你們好好相處，我也能放下肩膀上的重擔了。」

里香裝了些燉菜到靜香的盤子裡，適時出聲回應，但也沒有積極參與或開啟話題。富雄和喜美代也不是多話的人，還在念小學的靜香看起來也察覺了氣氛，始終安安靜靜的。賢治暢所欲言之後，只剩下電視的聲音塡補了沉默。

喜美代看著桌上豐富的菜色，爲寂靜的空間注入溫暖的氣息。

「是說里香啊，妳做的每道菜都好好吃，沙拉也擺得好漂亮。弄這麼多菜眞是辛苦妳了。」

里香抽蓄似的揚起嘴角。

「我們家兄弟姊妹多，所以我以前就常負責準備飯菜。不過弟妹幾乎沒稱讚過我做的菜，所以我不是很有信心。」

里香的粗眉看起來像匆匆畫上去的，兩邊不太對稱。里香五官清秀，擁有細挺的鼻梁、細長的雙眼，唯獨左邊眉毛位置特別高，再加上疲憊不堪的神情，她看起來比平時更加困頓。富雄聽著女人間的談話，默不作聲吃著里香做的菜，努力克制自己別插嘴。

「弟妹心裡一定覺得有妳這樣的姊姊眞好。」

「不知道他們到底怎麼想的呢。」

賢治又弄響了手上的空罐，里香再度跑進廚房，廚房內傳來冰箱門開關的聲響。里香綁在後頭的長髮像鐘擺一樣左搖右盪個不停。里香雖然忙得像一個人帶兩個小孩，做起事來卻一絲不苟。喜美代見狀突然開口：

「獨生子很習慣什麼都有父母準備得好好的，所以有時候會比其他孩子成熟得慢一些。賢治剛才也說了，獨生子有時候也會莫名放不下父母。里香，如果妳有考慮生第二胎，現在可能是最後的機會了呢。」

在富雄聽來，喜美代只是因爲心疼里香才這麼說，並沒有惡意，不過里香一聽，表情瞬間繃緊，五人之間的氣氛變得一觸即發。

最後的機會？媽，妳這是什麼意思？

靜香用小拇指戳了戳里香的腰。里香無力動起僵硬的身體，她瞪大了眼、眨了眨，拚命想要堆起笑容，但動作十分生硬，像台有些扭曲卻硬要啟動的老機器。

「第二胎嗎？老實說這也不是我一個人可以決定的事情。」

她帶著憂鬱的眼神看向賢治，賢治卻對她的求助毫無反應。賢治的注意力全放在電視上，一副充耳不聞的樣子。富雄從頭到尾也保持緘默，但已經食不知味，不知道自己在吃什麼了。

「沒關係啦，里香。」

喜美代垂下視線。

「賢治，你得多體貼體貼里香哪。」

賢治含糊地點頭，隨手亂搓靜香的頭髮。

「話又說回來，人不管到了幾歲，能迎接新的開始都還是滿不錯的。我以前就很嚮往這樣一家大小圍著餐桌吃飯。」

晚餐過後，富雄和喜美代離開賢治家的玄關，走進自己家的玄關。這座既寬敞又漂亮的房子，與隔壁之間有道厚實的牆壁，完全阻絕了另一邊的溫度、對話，以及生氣。

「我們處得來嗎？」

喜美代坐向沙發時嘀咕。

「你說和媳婦嗎？她是有點愛理不理的沒錯，但一開始都是這樣的嘛。我們又沒有血緣關係，彼此難免會有點生疏。」

「就算有血緣關係，賢治感覺也——」

喜美代說到一半打住，補了句「沒事、沒事」後便不再開口。

而他們也就只到賢治家吃過那麼一次飯。

賢治第一次帶里香回來時，她畫了全妝，從頭到尾都努力不露出一絲破綻。感覺不像是來見將來能夠彼此勾肩搭背的家人，比較像是做足戰鬥的準備，接受自己即將深入敵營、賭上一生暗自奮戰的事實，整個人戰戰兢兢的。富雄見里香身旁的賢治一副事不關己的模樣，感受到兩人之間強烈的對比。

里香相當自立自強，結婚後希望早點生孩子的也是她而不是賢治。富雄聽賢治好幾次談起里香的事，她身爲大家庭的長女，從小就接受了非常嚴格的教育。

「聽說小時候她爸只給她穿深藍色、淺藍色或白色的衣服。她爸很古板，還說『粉紅色那種要紅不紅的顏色穿在身上哪能看，給我穿乾淨點的衣服』之類的話。很扯吧？一般應該是反過來吧？到底是哪個時代的人啊。」

賢治與里香訂婚過後某天，他拜訪完親家，順道回老家一趟。他看起來莫名疲累，但好像也不光是假日還要穿上厚重西裝的緣故。他吵著要喜美代幫他裝杯水，一口飲盡後大發牢騷，說去別人家有多累，然後整個人倒在沙發上。

他說里香很羨慕自己的弟妹過得無憂無慮，躺在地上也沒人管，把掉在地上的零食撿起來吃也不會挨罵。成長過程處處受限的里香和恣意妄爲的賢治，正好情況完全相反。

「你沒對親家做什麼失禮的事情吧？」

富雄看著兩腳邋遢張開的賢治問道。

「安啦安啦。我在外人面前絕對不會露出馬腳。」

「他們一定看穿你這低俗的一面了。」

賢治似乎完全沒把父親的告誡聽進去，用腳脫下西裝褲後扔在地上，而喜美代馬上撿起褲子。「換作是我才不想要那種父母咧。」賢治明明一副內褲外露的矬樣，講話倒是挺跋扈的。

「不過也是因爲這樣，我才想跟里香結婚的啦。我還是跟像媽這樣默默打理一切的人相處起來比較放鬆。」

富雄低頭看著兒子，感覺他的模樣和精神都只是小時候的樣子直接放大而已。

富雄無法說明怎麼樣的長相叫任性，但用來形容賢治倒是再貼切不過。喜美代走入家庭後好一陣子都懷不上孩子，本來已經一籌莫展，準備求助不孕治療之際，盼望已久的新生命突然降臨，就是賢治。那雙宛如幾經琢磨的圓潤大眼、那副瘦弱的身體、那頭恍若女孩的軟髮，賢治身上集結了所有吸引異性的甜美特質，打從出生以來就莫名引人注目。無論他走到哪裡，總有人會不小心對他伸出手來、不小心墜入情網，最後不小心受到傷害。

富雄和喜美代都深知自己對賢治投注了太多愛。笨拙又蠻橫的愛情溺壞了他，慣出他那茶來伸手飯來張口的個性。

富雄也明白兩代同堂是他的獨斷專行；他對里香肯定就像對喜美代那樣，也是咄咄逼著她點頭答應。

賢治新婚時曾邀請富雄和喜美代到他們家作客。他們家簡直像座飯店，但不是因爲擺滿豪華家具，而是因爲簡潔到缺乏生活氣息。地板乾淨得連根頭髮掉在地上都會很顯眼，卻也因此彷彿能奪走人的體溫。

＊

與兒媳比鄰而居的新生活過了約莫半年，某一天，喜美代身上突然起了變化。

她開始以地爲床，在地上鋪了五張坐墊就這麼睡在上頭。髒亂的餐具從洗碗槽滿出來，堆在地上，不用多久整間房子就變得一片狼藉。後來她也不再下廚，躺在座墊上的時間遠遠多過起床的時間。富雄花了將近一個月，才察覺究竟是什麼侵蝕了喜美代的內心。

富雄跑到附近的圖書館，生疏地在網路上東查西找。他在某個網站上看到，許多老年人會因爲無法適應突如其來的環境變化與壓力而陷入憂鬱；富雄若有所悟，心想原來不是只有喜美代這樣，一點也沒什麼好奇怪的，就像心感了冒，任何人都可能碰到這種狀況。富雄彷彿在黑暗中找到一盞明燈，稍微鬆了口氣。他又輸入一些接近喜美代當時狀況的詞彙，想搜尋更準確的資訊，結果查到一座名爲「奮鬥記」的部落格。部落格上一篇篇的日記描述了某位婆婆日復一日遭到媳婦變本加厲的迫害，以致精神出狀況的內容。富雄也多少明白婆媳之間的勾心鬥角是常態，堪比自古以來流傳下來的儀式，無論時代怎麼變遷也沒有到頭的一天。話雖如此，他也沒印象喜美代和里香之間發生過什麼稱得上衝突的事情。富雄一個不剩地瀏覽完搜尋結果後，關掉了瀏覽器。

本來在海中悠游的魚，如果突然被扔進水槽，會感到抑鬱也是在所難免。倘若問題出在環境變化，那麼換個水質，調整成容易生活的環境就好了。

……但，怎麼做？

富雄甩開一閃卽逝的疑問，加緊腳步回到家裡。我是最了解喜美代的人，一定不會有問題。沒事，沒問題的，就算找不出眞正的原因，總有一天情況也會好轉的。富雄對此深信不疑。他心想自己甚至知道喜美代覺得最舒服的氣溫是幾度；兩人休戚與共的這四十年，給了他絕對的自信。

喜美代生性愛操煩，卽使出門前已經頻頻確認爐火關好了，也常常出門後不久又覺得還是直接關掉瓦斯管線的總開關比較安全，於是匆忙掉頭回家；才拴緊瓦斯開關，又開始碎念插頭周遭的灰塵會不會造成電線走火。無論他們已經上了飛機，或是點的菜上桌的那一瞬間，喜美代的焦慮都會被唐突地喚醒。

賢治還小的時候，喜美代對孩子摸的吃的東西也總是繃緊神經。她什麼都要仔細消毒殺菌，就連牛肉也要烤到全熟甚至焦了才肯讓孩子吃。五分熟的牛肉連想都不用想；也因此賢治打出生以來一次也沒嘗過英式烤牛肉的滋味。麻煩的是，如此極端的衛生觀念並沒有隨著賢治長大而消失。喜美代害怕細菌孳生，所以依舊習慣吃完飯後要他喝杯熱茶；衣服一旦落地就得扔進洗衣機；她還視洗碗精爲毒物，洗碗時總是沖了又沖，勢不留下任何一滴油汙。

人只要活著，總有擔心不完的事。有時富雄根本沒注意到的小事，在喜美代眼裡可能是要命的大問題。他們也爲此發生過摩擦，演變成口角；不過發生過好幾次之後，富雄發現這種狀況並非全然來自男女生來的價值觀差異。

「唉，眞想悠悠閒閒過日子。」

喜美代也曾多次喟嘆。在富雄聽來，那是她亟欲拋下一切憂煩的表現，也因此富雄才決定搬去那須。如今搬到兒媳隔壁，喜美代到頭來還是無法樂得一身輕。

富雄從未想過，喜美代成天躺在客廳的狀況會持續這麼久。

從喜美代崩潰的那天起，富雄就成了一無是處的老人。久而久之，他也不再樂盼時間能解決一切。喜美代開始抗拒服用醫院開的藥，東西愈吃愈少，到後來甚至連水也不怎麼喝了。

「你媽已經好一陣子臥床不起了。」

富雄有天終於受不了，向賢治坦白，半年沒上門的兒子聞言慌張趕來；當他走進房間，喜美代微微睜開眼，凝視著某一點，隨即又闔上了眼。看著坐墊上的母親全身折疊起來，縮成小小一團的模樣，賢治也有些心慌意亂。

「媽，妳還好嗎？」

賢治發出的聲音、伸出的手徬徨地顫抖，最後他體認到自己無能爲力，於是閉上了嘴。

「我也不好意思跟媳婦開口……」

富雄失了力氣，肩膀癱了下來。丈夫與兒子，即使這麼兩個理應比任何人都熟知喜美代的男人在場，也商量不出個解決辦法。

「媽也眞是身在福中不知福。」

富雄看向一旁與自己一個模子印出來的兒子，不懂他這話是什麼意思。

「你想嘛，明明孩子願意照顧她，可愛的孫女和能幹的媳婦也都住在隔壁，怎麼就不來拜託一下？到底有什麼不滿的？」

喜美代像抹了鹽巴似的日漸萎縮，最後從這個世界上消失。每當富雄憶起喜美代離開的那晚，便從櫥櫃裡抽出喜美代的衣服，整張臉埋進去。

想再次觸碰妻子的思念隱約包覆在內心的表面，記憶卻偏偏唱反調，要他逐漸想不起喜美代的面容。加速他遺忘喜美代的原因，不單是無以抗拒的時光流逝，更多的是身爲一名丈夫，卻不知道如何對妻子伸出援手、將她一把拉起的愧歉。富雄察覺了這件事，怨嘆自己過去愚昧的種種。儘管如此，妻子健在時的溫柔聲音仍不時在他腦中響起。

富雄的視界之所以朦朧，究竟是因爲春靄、PM2.5，還是眼淚，他自己也不明白。

——天若聞所望　春逝君身旁　恰逢如月望日時

*

富雄和文江重逢的幾天後，收到了老朋友的喜帖。

「這封是寄給爺爺的，但混在我們這邊的信箱裡了。」靜香拿了一封信過來。

「看起來好像是喜帖。爺爺，你有這麼年輕的朋友嗎？」

會寄來這邊的東西不外乎整復所的折價券、廣告傳單或帳單之類生活方面的東西，因此藏在其中的喜帖散發出與眾不同的光輝。靜香用腳擋住門，興奮地要富雄待會也借她看一下。她平常只會把寄給富雄的東西挑出來塞進富雄的信箱，但這次竟然親自拿過來，顯然她真的很好奇內容。

富雄本想叫靜香進屋坐，但想起那些成人雜誌都沒收，便當場小心拆開了喜帖。

「哦。」富雄睜大了眼。

「怎麼樣？」

「他是晚婚啦。」

富雄比出V字手勢，靜香瞠目問：「咦？那是幾歲的人啊？」

「跟爺爺我同年喔。」

「哇，是遲來的春天哎。」

靜香語調蕩漾，聽起來很亢奮。「爺爺你要去嗎？」靜香殷殷問道。富雄稍微想了一下，說他還不確定。

「這樣還要準備西裝才行，我都不知道幾年沒穿了。」

「不過那樣的場合也可能認識新的對象不是嗎？」

富雄感到吃驚，因爲靜香的語氣像在勸自己爺爺尋找第二春。

「嗳，我現在已經不會去想那種事情了啦。」

他嘴上這麼說，腦中卻浮現文江的臉，聲音瞬間抖了一下。

「這樣啊。我放心了。說得也是，如果爺爺談戀愛奶奶也會很難過的。」

靜香抬頭望著低矮的天花板，富雄也跟著仰頭；她是不是覺得死去的人就在那裡呢？富雄無奈地笑了笑，此時他突然像沐浴在一團蒸汽之中，眼前又模糊了起來，他感覺到小小的氣泡一個、兩個竄起，在天花板角落和所有家具上躁動，轉個不停。靜香說的對，我不該奢求。天花板上成群的氣泡如海浪潮來潮去，又見機化爲瀑布淌落靜香仰著的臉上。那是背叛，是不可饒恕的慾望，富雄愈是這麼想，那些氣泡就愈冒愈多，並逐漸包覆靜香全身。

富雄猛然一陣強烈的暈眩。

他閉上眼，等待「靄」消散。

這時靜香冷不防不吐不快似的，說：

「但我想天底下的男人都是花心的動物就是了。」

「話怎麼說得這麼絕。」

「像爸爸最近回家的時候也不知道在開心什麼。」

「妳覺得這跟花心有關係嗎？」

靜香緩緩點頭。富雄傷腦筋表示：「這樣啊。」

「媽媽也是影后一個，從頭到尾都假裝沒注意到，所以我也不好干涉什麼。」

靜香聽起來已經找到自己內心的平衡點了。她才十七歲，說起話來卻有些老成；富雄很驚訝她什麼時候已經長這麼大了。

「妳還眞成熟。話又說回來，妳最近的妝是不是畫得太濃了一點？」

「如果我這樣算濃，那這個世界上所有人不都完了？現在這樣很正常啦。」

她遺傳自里香的薄唇大開，嘆了口氣。

「不知道爸爸是不是開始討厭這個家了。有家可回對他來說好像是種折磨，明明這個家是他自己打造的。」

葬儀社運走喜美代枯瘦的遺體後，窩在富雄房間裡哭的人不是兒子賢治，而是媳婦里香。

里香站在房間發愣，掃視一片凌亂。她拉開緊閉的窗簾，陽光瞬間打亮晦暗空間的每一個角落，刺眼得教人睜不開眼。庭院裡曬著三人分的衣服，如旗幟隨風飄揚，象徵著家庭和樂。那也是沒辦法的事啊。賢治出聲走向不發一語盯著庭院的里香，溫柔搭著里香的肩膀。

「我想媽搬來這裡一定過得很幸福。」

他這話簡直像是說給自己聽的。

那一刻，里香用力推開賢治，像拍蟲子一樣拍掉他搭在自己肩膀上的手，隨即狠狠甩了一巴掌在賢治臉上，語氣冰冷地咒罵：你是白癡嗎？靜香馬上躲到富雄背後，感覺自己看到了什麼不該看的東西。賢治蹣跚退了幾步，慢慢理解發生了什麼事，摸了摸自己的臉。

「妳再講一次？」

「我說，你是白癡嗎。」

「妳講這什麼話？」

媽怎麼這麼可憐。

里香全身發抖，又說了一次，接著嚎啕大哭起來。她連連哭喊好可憐、好可憐、媽眞的好可憐，積在眼角的泉水不斷化爲斗大的淚珠滑落臉頰，沾濕她的衣裳。富雄和靜香看里香哭得這麼淒厲，都像被定住了一樣動彈不得。

「媽根本就不想跟你住在一起。」

里香說道，拿袖子用力抹去眼淚。

少了平常那臉濃妝的里香，看起來稚嫩得像個孩子。賢治整張臉漲紅，齜牙咧嘴睥睨自己的老婆。那不把人當人看的冷酷眼神，看得富雄不禁打了個冷顫。

賢治踹開廚房地上的餐具，破口大罵：妳講什麼鬼話啊！妳懂什麼？妳又不是她生的！賢治踏著笨重的腳步離開後，里香整個人癱坐下來，靜香趕緊跑去抱住她。

——媽根本就不想跟你住在一起。

富雄反芻著里香聲嘶力竭的話。

眞有這回事嗎？喜美代內心深處，其實藏著逃離賢治身邊的想法嗎？

只要血脈相連，彼此一輩子都不會是外人——更何況母親怎麼可能討厭自己的孩子？那可是在自己肚子裡孕育出來的生命，是受苦忍痛生下來的寶，彼此的情誼肯定堅不可摧。富雄從來不曾懷疑這項事實。

就算有血緣關係，賢治感覺也——

那時，富雄腦中響起喜美代欲言又止的那句話。話中蛀掉的部分，如今已確實填上了。

「到這把年紀，收到的重大通知都很晦氣，不是住院就是告別式。看到這樣的消息就顯得喜氣極了。」

文江沉穩無比的聲音依然令富雄感覺舒服。自從他們偶然重逢之後，富雄便不時到文江的店裡捧場。另一位年輕客人起身時，文江立刻走向店門邊，結完帳後再跑回來問富雄事情的後續。

「我孫女還問我有沒有認識那麼年輕的朋友呢。」

「這也難怪。不過，竟然辦在這麼好的地方。我以前去過一次，那裡空間眞的好大。」

文江指著喜帖上的會場資訊，笑說：「看來他也是豁出去了。」

寄件人黑川是富雄念大學時交情很好的朋友，他說起話來節奏沉穩，從以前就很受女生青睞，是個風流男子。就算黑川是因爲看上社團內女孩子很多才加入短歌社，但從他嘴裡說出來，不單純的動機也成了迷人的玩笑，聽起來一點也不惹人厭。

黑川在大學附近租了間廉價的公寓，才開學沒多久，那裡就成了三五好友的安樂窩，大家常常聚在那裡小酌談天，聊未來、聊家庭。黑川的夢想是當建築師。一九六〇年代，東京都心爲迎接奧運而蓋起一棟又一棟大樓。當年搶在奧運開幕前急急忙忙開工的高樓大廈，現在到底還有多少依然保留了原本的樣貌？蓬勃發展的衆多基礎建設之中，也包含了蜷曲的首都高速公路，這座都心的交通樞紐曾經巍峨聳立，堅毅地承受著車來車去，但如今也變得黯淡無光，處處可見外露的鋼筋。當年黑川滿腔熱血，談起他高中時看著城市日新月異，強烈的刺激一箭射在他的心上，於是他也想帶著新的技術參與這群高樓大廈的工程。

印象中他和社團裡的所有人都處得不錯。「可惜我就沒有收到他的喜帖。」富雄見文江落寞的樣子，心想在這群多年沒有聯絡的老朋友之中，黑川還是有挑過要招待哪些人參加結婚典禮的。

「看樣子女方也是初婚。」

「天哪，幾歲啊？」

富雄也不清楚，他小心翼翼抽出喜帖裡的相片遞給文江。照片背面簡單描述了他們的近況，字跡相當漂亮。

「唔——四十多……不對，再年輕一點？嗯，她看起來挺年輕的。」

文江靜靜盯著黑川和新娘小小的合照良久。

忘年之婚啊。眞好呢。

黑川明明和富雄一樣上了年紀，卻還是迎接各種人生新起點。但即使富雄親眼見證彼此積年累月下來竟產生如此明顯的差距，還是感覺不出自己的人生有什麼新的動靜。

我說孚修，富雄循著甜魅的聲音抬頭，迎向文江滋潤的眼眸，不禁繃緊了身體。文江說：我們——

「是不是也可以放自己自由了呢？」

富雄疑惑問道：「自由？」心想她這番話說得還眞有趣。他直盯著表情嚴肅的文江，發現他一直以爲他早在失去喜美代時，而文江也在失去丈夫時，便擁有了自由。

回歸孑然一身，即是最根本的自由。富雄嘴上這麼說，但也曾經猶豫該不該再談一場戀愛，塡補失去喜美代後有別於自由的另外一塊內心空白。

但使用不同的材料塡充凹陷處，也難以重塑內心原先平整的表面。即使外表看似沒什麼問題，卻還是會覺得摸起來哪裡不太對勁。富雄就連看到夾在成人雜誌裡的交友網站與婚友社廣告，內心也不曾動搖。孤獨與性慾重合，唯有逐漸膨脹的下腹部宛如獨立運作的其他器官，將自己還活著的現實直截甩在他眼前；然而他那無處安放的空虛仍載浮載沉，甚至迷失了方位，找不到前行的方向。名爲自我的船隻，找不到一座可以停靠的港。富雄在這樣的絕望之中，已經習慣不再期待自己有天能夠奇蹟似的登陸。

沒錯，自從那天起。

孚修——

文江甜蜜的聲音、嫵媚的姿色魅惑了富雄，他下意識抓緊喜帖。富雄眼前這個守寡的文江，帶著期盼而煥發的神情直盯著他。

「你應該還沒自暴自棄，心想未來就這麼一個人過吧？」

文江探出吧檯，臉靠近富雄。

「你別無所求了嗎？」

「那種事情——」

我根本不願去想。富雄話到嘴邊，又謹慎收回內心。餘生就這麼過又如何？駐足不前的心情與向前邁進的心情各自跳了出來，卻又被一聲叫住，旋即客氣地雙雙退回。

「我覺得這很正常，我本來就是這種人。而且我沒辦法過上黑川那樣的生活，也不像他或是妳有這種衝勁和執行力。」

「……是嗎。」

文江托著腮看向窗外，富雄默默注視著她的側臉。

和文江上床那天的事情，富雄記憶猶新。悶熱難耐的夜晚，他們禁不住圓熟飽滿的禁果令人垂涎的誘惑。

事情發生在富雄與喜美代訂婚後不久。假如一切安定之際，總會出現某種打破平衡、試圖擾亂人生天秤的意外，那或許就是上天給予的某種試煉。富雄當初之所以無法斷然拒絕聲淚俱下的文江，究竟是出於情，還是慾？究竟是哪一方造就了他的軟弱，將他拖向不忠？爲何年輕時天秤兩端的重量，竟自然而然在歪斜的地方重新找到了平衡？富雄的心像道影子，遊走在喜美代與文江之間。究竟是什麼暫時減輕了富雄對喜美代的罪惡感，是他想安慰文江情路不順的心情嗎？還是因爲自己的不成熟，癡心妄想那不過是僅此一晚的慰藉，一夜過後，既成的事實將如浪的舌尖捲走沙，未來兩人都能當成不會再次發生的往事？這件事情的分量既不過如此，卻又萬萬不只如此。富雄這才明白，世上最困難的事情，莫過於劃清自己內心搖擺不定的那一條界線。

如今眼前的文江，身上已經藏不盡無可避免的歲月風霜，不過那在富雄眼裡卻又別具姿色。或許是因爲富雄知道，文江雖然外表開朗，但她內心最深處的那一塊其實非常嬌弱，只要火一點，眨眼間就會融化。

文江喝了一口自己泡的維也納咖啡。

「人再怎麼奢望，也絕對不可能獨自過活，又獨自死去。就連我這樣的人，如果哪天倒在路邊，也會有人把我扛走，也會有人替我悼念。一想到自己還不是徹徹底底的一個人，心情上也輕鬆了點。可是啊，你不覺得一直到自己再也無法開口前，都只是默默希望別人來觸碰自己，好像也不太對嗎？」

文江見富雄沉默不語，露出淺淺一笑。是那一天、那一晚，她撩逗富雄的笑容。

孚修——

「有個地方，我很久沒去了。」

*

聽說今年春天氣溫比往年高上許多。四月，櫻花樹的新綠鮮嫩動人。人們感受到春末夏初之間的新氣象，逐漸換上輕裝；戴口罩的人少了，有些人甚至已經穿起短袖。文江與穿著涼鞋的年輕人擦身而過，回頭望向那對年輕的腳踝嘟噥：「就算已經暖和成這樣，我還是不太敢穿那麼露呢。」

文江領富雄鑽進一條離車站有段距離的暗巷，停在一棟老舊建築物前。一對年輕情侶走了出來，他們瞪大雙眼打量富雄和文江，交頭接耳了一番。那視線搔癢富雄全身上下，令他感到難為情；他一臉無助看向文江。

「我眞的沒什麼自信。」

富雄的聲音比自己想像中得還要窩囊；相反的，正視賓館的文江昂首凜然，有如下定決心上戰場的武士。她看起來和里香當初頭一次隨著賢治來訪時那副備戰姿態莫名相似。富雄心想，女性站在抉擇的路口時，表情總如此雄赳赳、氣昂昂。瞻前顧後、躊躇不決、茫茫然心神不寧的，永遠都是女性身旁的男人。然而當富雄回過神來，才察覺他與文江十指緊扣的右手，傳來細微的顫抖。

「我好像從以前就覺得，重要的不是在這裡做的事情，而是很享受那種跑到另外一個世界去的感覺。」

面板上其中一間房的照片暗下來後，兩人領了鑰匙，坐上狹窄的電梯。

即便建築物外觀隱藏得再好，一旦走了進來終究要原形畢露。賓館整條走廊既昏暗又潮濕，掃得再仔細也無法抹去年歲的漬痕，早已看不出原先到底是什麼顏色。

富雄聞著老房子特有的霉味，突然想起了黑川。黑川喜歡蓋新建築，然而富雄卻希望這樣的建築能夠盡量維持其年齡的模樣保存下來。一邊是勇往直前的男人，一邊是故步自封的男人，富雄自覺他的人生始終在原地踏步。

文江打開亮著紅色燈號的房門，率先脫了鞋，接著突然笑出聲來；她的笑聲逐漸脫水、乾枯，在房間內響亮迴盪。跟在後頭的富雄不明所以，探頭問她什麼東西這麼好笑。文江指著某處要富雄看，是一張幾乎佔滿整個房間的圓形大床。

「這張床看起來也太故意了吧，而且還只有床是這樣。」

富雄久未闖入的奇異空間，狹小得不需要環顧就能看盡。房間四面八方都是鏡子，床邊擺了一張看起來很彆扭的小圓桌，桌上有一個玻璃菸灰缸、印著賓館名稱的火柴盒；單人沙發已經藏不住風化的陳跡，處處脫皮。和這些家具相比，顯然是因為只有床操得特別凶才換了張新的；這的確挺荒唐的。

文江腿靠向床，接著屁股、背、頭依序倒在床上，仰望天花板的藤蔓花紋。富雄也跟著仰頭，說：「看起來好像妳那些拼布的花紋。」文江則撇嘴回答：「我是覺得我品味沒這麼差啦。」

「手腳都張開了竟然還有這麼多空間。好久沒有這種解脫的感覺了。」

富雄也在文江身邊坐下。不知道是不是因爲冷氣開得太強，深深凹陷的床單似乎帶著濕氣，感覺特別冰冷。

文江裙下那雙雪白長腿吸收了房間裡的光；這個奇幻空間也許具有魔法，讓她的肌膚看起來細滑柔嫩。眼前的文江，有些部分得到美化，有些部分教人失望。富雄突然懷念起從前的自己，那個無法適應這之間落差的自己。

「別看我現在這樣，我以前還滿有肉的。那個身材天天穿絲襪，穿到後來腳毛都沒了……會不會是因爲摩擦磨掉了啊？」

文江似乎對於男性毫不避諱的視線感到害羞，突然開口辯解。富雄聽了噗哧一笑：

「有這種事嗎？」

富雄不知道接下來該怎麼辦，就這麼坐在床上發呆。文江起身隨便按了按床頭的開關，房間的色調由藍轉黃，接著又變成粉紅色；這似乎激起了文江的好奇心，她開始由左往右按下每一個鈕，按到最右邊的那個鈕時，文江驚叫了一聲。

「轉起來了。」

床發出奇怪的運轉聲，遲鈍地動了起來。

「這床怎麼會轉？」

兩人面面相覷。

「不知道。因爲好玩？我原本只是因爲太久沒做這種事覺得不好意思，想說把燈光調暗一點的說。」

旋轉床的低吼與通風口吹進來的風聲交疊。他們彷彿坐上一艘在汪洋中無助、卻又優美漂流的船隻；轉了一陣子後，原先看起來平淡無奇的小房間景色，隨著角度改變而一點一點產生了變化。

富雄猛然撲倒文江，他自己也搞不清楚這股衝動從何而來，就像那一晚，是一股不可理喻的衝動。富雄不知道自己想怎麼做，但要做的也就只有一件事，他們就是爲此而來。富雄的身體被當下的氛圍操縱、變形，緩緩放鬆了下來。

富雄右手捧起文江的肩膀，抱緊她，大大吐了口氣。那過程自然得像延續他們這陣子以來的相憐；富雄一直以爲文江身材有肉，直到他手環過文江的雙臂，才發現她的胴體彷彿洩了氣一般愈縮愈小。富雄感到哀傷，於是伸出另外一隻手，將她更加緊擁入懷。

文江微笑，鼻尖抵著富雄的胸口，像鑽入腐葉堆一樣吸進富雄身上的味道；富雄則將臉埋進文江的髮旋。他們愈是窺探彼此身上的細節，愈發現彼此的老態與衰弱，以及一去不復返的青春。絕望與慾望有那麼一瞬間交錯。他們的肌膚緊貼在一塊，感覺彼此失去彈性的疲軟身軀，有如即將腐爛的果實。

「好像剛剛好耶。」

他們擁著彼此，如兩塊布邊角對齊交疊在一塊。

「連眼睛的位置都一樣。」

「可能是我的身高在不知不覺間縮水了吧。」

文江伸手繞過富雄的脖子時，富雄察覺到自己內心的自私；他並不是想隨便找個人溫存，只是希望有個人擁抱自己罷了。若說性愛是生物出於孕育新生命的天性而做出的行爲，那麼這場性愛或許就只是一份毫無生產性、毫無意義的縱情。但這又如何？富雄的靈魂和肉體早已如修去了脂肪的生魚片，然而這股激盪、這種一個人無法企及的快感浪潮席捲而來時，他確實感受到了自己體內殘存的男性情慾。

就在這時——

文江緊皺的眉宇間，竟漸漸浮現喜美代那副早已被富雄淡忘的臉龐。富雄無法分辨那究竟是記憶的投影，還是喜美代倏忽顯靈。眼前兩名女人的容貌如此神似，他嚇得瞪大雙眼，急忙想甩開幻影。他的眼中世界再度被油浸潤，床單與枕頭的界線逐漸模糊，即使閉上眼睛仍感覺白茫茫的世界沾黏在眼皮內，只剩兩名在世之人的聲音在耳邊迴盪。孚修？你怎麼了？富雄聽見下方傳來文江混濁的聲音。

然而他沒有停下動作，好像有個來路不明的人拿鞭子抽打著要他繼續一樣。我一定要得到自由，誰也不能苛責我的自由。不知不覺間積攢的思緒，構成富雄身體剛強的軸心。一股彷彿要將他全身撕成兩半的強烈痛楚從腰部狠狠襲來；但同時，他也感覺骨髓湧出令他神智迷離的快感，緊緊銜住他就要撕裂的身體與靈魂。

喜美代，是妳嗎？

被富雄壓在底下的喜美代別過臉的那一瞬間，富雄達到劇烈的高潮。

他身體熱得彷彿連細胞都在流汗，心臟與脈搏狂亂顫動。富雄許久沒有嘗到這種感覺了。

太好了。我還活著。

「瞧你這樣，第二次恐怕就要心臟病發了吧。」

富雄喘到無法回應文江的調侃。他慢慢調整呼吸，回想剛才那奇怪的狀況，緩緩閉上了眼睛。

富雄像條乾枯的細枝癱在床上，整個人陷入床單。文江爬過來靠上他的腰際。

……對不起。文江有氣無力呢喃。

「就算是因爲愛人被人奪走，自己做出同樣的事情好像也說不過去呢。」

富雄感到詫異，俯望趴在自己身上的文江。

「原來妳還記得。」

「怎麼會不記得。」

富雄吁了口氣，視線移向天花板。已經找不到喜美代的蹤影了。

「那時我還年輕，成天過著一點一滴吸吮著他人血肉的生活。」

文江悄悄起身，從冰箱裡拿出飲料，問富雄要不要也喝一點。富雄明明累得要命，卻不覺得口渴，於是他稍微舉起脖子搖搖頭，然後又無力倒回枕頭上。

「我有個親戚是溺死的。我奶奶小時候好像看過那具遺體。聽說遺體打撈上來的時候已經整個浮腫變色，但最慘不忍睹的，是遺體上長了密密麻麻、小小黑黑的貝殼。那些貝殼這麼小，卻緊緊黏在那麼大的遺體上，死都不離開，殘忍地展現自己的生命力。我奶奶說她當時害怕極了。從那天起，她再也不敢喝有放貝類的味噌湯了。」

「原來妳還擅長講恐怖故事。」

「我想說這麼熱剛好可以涼快一下。不過我現在才明白，我以前就像那些貝殼一樣，只是緊黏著你不放而已。」

「到頭來把我當屍體啊。」

富雄聽了文江的話不禁噗哧一笑，大聲說道。

「是啊。可能是因爲你都不會被沖走，總是漂浮在同一個地方，所以我也比較好黏上你吧。」

自從富雄與文江重逢，他們就經常談到和死亡有關的事情，這一點令富雄感到忐忑。西行的和歌、黏著貝殼的屍體，這些都讓富雄覺得文江在醞釀死亡的氣息，又或是她強行召喚死亡接近。

若光聽說富雄就住在兒媳一家人隔壁，可能會欽羨他盡享天倫之樂，不必擔心孤獨終老；然而實際上，他仍是一個人，而且不知道該怎麼消遣一個人的時光；他只會傍晚獨自逛著超市與便利商店，帶著既羨慕又惆悵且嫉妒的眼神，看著商店街上生氣蓬勃的家庭和年輕人。他只是循規蹈矩延續、消磨百無聊賴的時間。別人以為富雄正在享受的自由，實際上對他來說不過是與人之間徒有連繫的庸碌日子，也是他無法接軌精彩世界、飽含孤寂而亟欲放棄的時光。

若能像文江那樣給自己找點差事，將新的時間過得更有意義，那才是最大的「福氣」吧。

……福氣。

「媽也真是身在福中不知福。」

富雄的想法與賢治當初撇下的話徹底重合了。

原來是這個意思啊。一個人的福氣是什麼，別人是不可能理解的。富雄從來沒想到，自己一把了年紀還會像這樣巴望自己沒有的東西。

富雄開始思考，自己到底是從什麼時候開始自覺成了「年長者」？他崇拜的披頭四有首歌叫〈When I'm Sixty-Four〉（當我六十四歲），他第一次聽到時還是學生，當時他深信自己永遠不可能走到這個年紀。畢竟那時沒有任何事物可以熟化年輕的心，所以六十四歲的自己對他來說老得遙不可及。

然而如今，他的年紀甚至已經六十四歲又六年了。

鑽進被窩，一臉埋進喜美代的衣服，想著這世界上再也沒有妻子的蹤影，發出啜泣般的呻吟自我安慰；但即使那樣的夜晚過去，迎來令人厭煩的清新早晨，富雄仍追趕不上匆匆流逝的現實與年齡。

富雄聽見另一頭傳來文江喝完東西，一口氣捏扁寶特瓶的聲音。年老女性的裸體直逼眼前，一對下垂的乳房大方搖晃。文江抱怨富雄咬得她乳頭附近的皮現在還有點刺痛；富雄伸手撫慰，乳頭飄著一股唾液風乾後的腐敗臭味。當文江溫柔貼上她被水滋潤的雙唇，富雄鼻腔裡充斥著兩人體液發散的氣味，再一次提醒了他們年華老去的事實。

回程路上，他們的手握得比來時更緊了。方才荒涼的天空還映著地面薄薄的憂愁與陰霾，如今都已一掃而空，一片風和日麗。

他們經過公園，望著跑來跑去的孩子，文江霍地跑向單槓。她毫不在意強烈的紫外線與旁人的目光，脂粉未施的肌膚似乎讓她的心也輕快了起來。文江握了握單槓，確認觸感，轉過頭來對富雄一笑，接著俐落翻了一圈。那副剛才壓在富雄底下，不斷盛接男人性慾的身體，竟然還藏著這樣的肌力。她有如得到空氣的助力又轉了一圈、再一圈，轉個不停。每當她那雙被絲襪拋亮的腿像舉拳般直指青天，大件米白色內褲總會整個露出來；比起整個人就要飛出去的文江，富雄反而更緊盯著那大方外露的內褲不放。

喜美代過世後，富雄在內心深處偷偷餵養著與人交歡的慾望。下腹部底下的器官因爲獲得全新的生命而發癢、回春，令他備感雄風重振。富雄心想，自己似乎還不至於窮途末路，相信喜美代也會諒解我邁向新的幸福吧。他跨出腳步，走向被孩童笑聲簇擁的文江。

這時，一陣強風將土塵當毛毯掀了起來，飄舞的沙粒打得富雄的臉頰陣陣刺痛，沙沙作響了一會後又散去。

富雄待風停止惡作劇後，慢慢睜開眼睛。

眼前那名握著單槓的女子，她的身影嚇破了富雄的膽。

文江手搭在單槓上回過頭來，她的頭發出旋轉床般的軋軋聲響，像被一雙大手用力扭了過來，然而文江看似無意抵抗，繼續無視關節構造試圖轉向富雄。

等等，我不要看。富雄的心聲已經來到喉頭。

文江的頭扭成了不自然的角度，她慘澹的肌膚包上了富雄熟悉的影子。

……是喜美代。

那雙黯淡卻銳利、布滿血絲的眼睛露出凶光，瞪著富雄。

喜美代的嘴大開大合，似乎在說些什麼。

孚修？

他聽到的還是文江清脆的嗓音，然而站在眼前的人確實是喜美代。

孚修？你怎麼了？

你怎麼一副死人樣哪？

富雄驚慌跑出公園，甩開後頭鬆手叫喚的文江。他拔腿狂奔，一直跑，一直跑個不停，即使腳上的肌肉發出哀號、感覺就要撕裂，他還是大大蹬起身子。富雄跑得像是要踢開行人投來的狐疑目光；他那雙就要打結的腳奮力踏著地，每向前跨出一步，他愈加覺得自己有辦法逃離過去。沒錯，只要徹底甩開那些幻影，一切就會過去。我豈能被那些事情絆住，什麼七十歲，我也才七十歲，When I'm Seventy！

他粗魯打開家門，氣喘吁吁站在原地。

富雄的眼睛熱得發脹，這股熱氣沿著鼻腔來到胸口時，他感覺有什麼水滴流了下來。

一直覆蓋在富雄眼睛上的薄膜像魚鱗一樣一片片剝落，家中輪廓模糊的東西也開始慢慢顯現出原有的樣貌。世界逐漸對焦，萬物輪廓清晰，映入眼簾的景象教富雄啞口無言。

小小黑黑的物體密密麻麻包住了家裡所有的東西，罷工的電鍋、泡在積水洗碗槽裡的碗盤、爲了製造點聲音才會打開的電視、地板上散亂的成人雜誌與坐墊、有裂痕的全身鏡、他和喜美代旅行時買回來的貓頭鷹擺飾，目光所及的一切都被那又黑又小的東西埋沒。那些殼——貝殼緊附在所有東西上，現在又張開了嘴巴，彈出無數的小舌頭觀察富雄，彷彿準備連他也吞噬。富雄感覺自己對上了牠們不知道長在哪裡的眼睛，不禁嚇得後退。從他感覺做了虧心事的那天起，那玩意兒就一直侵蝕著他的家、他的世界。富雄哀嚎一聲，一屁股跌坐在地。

滾出去，給我滾出去！他使盡渾身的力氣扯開嗓子，揮舞雙手想驅逐那無數的黑色貝殼。消失！給我消失！每當他的手臂感覺一陣悶痛，就有東西掉在地上發出巨響，然而貝殼簡直像紮了根，緊黏著所有東西不放。

……爺爺？

富雄聽到遠方傳來聲音，倏地停手。

「你在幹嘛？」

靜香見富雄站在原地毫無反應，便摀住鼻子躡手躡腳進門。她才剛要開口，一見富雄的表情就好像看到妖怪一樣驚聲尖叫。靜香默默盯著祖父汗流浹背又滿臉淚水，隨後環視客廳，目光停在地上散落的東西。

「爺爺，這什麼東西？」

富雄聽出了靜香聲音裡的怯意。

他原本打算出聲制止，但接著里香也匆匆跑進屋子問發生了什麼事，看樣子她也察覺有異。一片狼藉的房間，富雄、靜香、房間；里香的黑眼珠骨碌碌轉動，慢慢掌握事態。她那濃如海藻的黑睫毛搖了搖。

「爸，你怎麼弄成這樣子呢。」

靜香拎起地上的成人雜誌，像是摸到什麼髒東西一樣。靜香瞥見刊頭的裸體，發出一陣類似乾嘔的聲音。成人雜誌上的貝殼群迅速沿著靜香的手臂往她身上爬。「別碰！」富雄大喊一聲，使勁一拍靜香拿著雜誌的那隻手。

「幹嘛啦！」

「不是……」

「噁心死了。」

「靜香，不可以這樣。」

「這也太扯了吧。一個老頭子還看這種東西。」

富雄以一副拔掉胸上利箭的衝動，反射性回嘴：

「妳以爲老人只要乖乖打打槌球就心滿意足了嗎？」

富雄氣得直發抖，他說出來的話連自己也嚇了一跳。

前一刻他還火冒三丈，下一刻卻彷彿全身的力氣被抽乾，整個人站也站不直。他想讓一切都攤在陽光下消失殆盡。

「我就是這種人。」

富雄有氣無力地說完後垂喪著頭。

富雄面對年紀相差超過四輪的孫女，終究未能徹底描繪、也沒能徹底表現出誠實且高尚的老年人應有的舉止。他打從出生以來就是個男人，無論活著的時候還是死去的瞬間，都是個男人；然而孩子眼裡的親人，從他們出生的那一刻起便肩負著扮演好該角色的職責，尤其祖父又是特別被理想化的存在，靜香搞不好還不相信富雄也曾經當過小嬰兒。對孫女來說，富雄現在的模樣可能只是一名下流齷齪的老人。

「就算我再掙扎也沒辦法改變這一切。以前也好，現在也好，我就是一個男人，都是一個有性慾的男人，從沒變過。我不會容許任何人褻瀆這一點、這個事實，沒有人有資格冒犯我。我好歹也能擁有那麼一個屬於我自己的東西吧。還是說這個家連這麼一點小事都容不下嗎？」

里香靜靜聽著。

富雄望著那一團堆積如山的成人雜誌，和上面成堆的貝殼。那些女人高高推出的豐臀、直穿腦門的高亢嬌嗔、緊扣著床單的手指，一幅幅猥褻的畫面閃過富雄眼前，像沙粒一樣打過他臉又散去。那一堆雜誌山，正是富雄積累的性與孤獨。

「我都想躲進殼裡不出來了。」

無數的貝殼彷彿同情著富雄，嘴巴開開合合，又笑也似的喀喀作響；殼與殼之間互相摩擦，催成小小的喝采。面對那些訕笑，富雄啐了一聲。

「你一直以來都已經躲在殼裡了不是嗎？」

里香直勾勾看著富雄。

「你只是從殼裡伸出舌頭偷看四周，一旦覺得要受傷了就又躲回去。爸，你這樣沒有人可以理解你啊。」

「反正我說了，妳們也只會把我當蠢蛋不是嗎？」

「我們才不會。就只是我們試圖理解，你卻不給我們機會理解而已。我今天才知道爸有性慾、還有爸真的很寂寞。我很欣慰，那是人本來的樣子，和年齡無關，這我再清楚不過了。」

里香笑得有些無奈，慢慢彎下腰來，將那本被扔在地上打開的雜誌輕輕闔上後放回桌上。

「話又說回來，房間味道還滿重的呢。」

里香打開窗戶，微風輕柔捲起窗簾。明明房間裡只是多了媳婦和孫女，富雄卻覺得奇怪，好像這裡頓時成了別人家似的。沒想到久違有客人上門，竟演變成這樣的狀況。

這時，一隻蟲從窗外飛進來，停在牆上。

里香若有所思地盯著那個小黑點，然後蹲了下來，從掉在地上的面紙盒中靜靜抽出一張衛生紙摺好。她屏住呼吸，像掠食者一樣不動聲色靠近；她避免弄髒牆壁，用衛生紙包住飛蟲後一把捏碎，一切安詳得令人毛骨悚然。富雄發現，里香的一舉一動，和當年喜美代神經兮兮愛護賢治、保持家裡環境整潔的模樣如出一轍。

如果說女人總要在作爲一名女人而活，與作爲一名妻子而活的夾縫中搖擺，終究無法避免在奮鬥過程中不知不覺間扼殺自己眞正的心情與自尊，並且迎向不得不委屈求全的結局，那麼或許里香現在也正在打那場仗。喜美代也曾這樣嗎？或許眞正能體察喜美代心情的人，並非深信自己是她知音的富雄，而是里香。

里香動手收拾喜美代死後，富雄堆在廚房牆邊滿地的骯髒餐具。沾著咖哩醬的餐盤、黏著辣油和醬油的碟子、留了幾顆飯粒乾的碗，這些餐具髒歸髒，但還是整齊疊好一字排開，長達三公尺。廚房的燈一開，一群黑色生物開始躁動；蟑螂發出嘎嘎聲響落荒而逃，嚇得里香慘叫一聲，富雄永遠無法忘記她回頭時那副就要哭出來的樣子。

「喜美代眞的是個好女人。」

富雄語調顫抖，仍一字一詞細細呢喃。

「我們夫妻倆原本過得很幸福，是賢治出生之後她才變那麼神經質的。至少在那之前，她都不是一個會丟下家務不管的人。」

「那——也是當然的。」

里香的語氣帶著鼻音。

「那可是媽第一次賭上自己的人生，只要一心希望把事情做好，當然會做好萬全的準備，絕不允許自己失敗了。」

里香淡然說道，富雄望著她的側臉。

「從我們搬過來的那天起，這間房子恐怕就已經成爲賢治的化身了。」

緊緊咬住各種東西的蠢動黑影，因爲里香的一句話戛然而止。

「媽想要的，不是這間房子，也不是賢治，而是解脫吧。我想爸應該也隱約察覺到了吧？」

「媽媽，妳怎麼突然開始說這些？」

始終保持沉默的靜香神情扭曲，充滿了不安。

「我們就別再束縛彼此了吧？」

里香說完，盯向房間的角落。

「也別再這樣吸走彼此活著的動力了吧。」

富雄循著她銳利的眼神看過去。

那團黑影示威般喀啦喀啦打響著殼，無中生有的眼睛閃著光芒。

莫非是我在不知不覺間，替自己的人生包了一層膜嗎？

因爲我想逃避自己不願看見的，因爲我害怕自己知道了以後會受傷。

所以我才靠這種方式保護自己。

富雄聽見自己內心深處眞實的想法，整個人突然放鬆了下來。

無數的貝殼宛如葬身熱鍋，邋遢地打開了殼，就像白色床單上輕易張開雙腿的文江；當貝殼張開到能看見裡面時，貝的舌頭也垂了下來，吐出臭水；這些貝殼，將淤積在富雄心中的騷亂氣泡盡數吐出。廢水般的臭味瀰漫在房裡，富雄發現那聞起來和文江的乳頭散發出的氣味屬於同類。富雄受不了這股噁心感，跪在地上嗚咽。我不想再這樣了，寂寞、孤獨，我全受夠了。貝殼從緊緊附著的物體上紛紛脫落墜地，猶如樹搖果落。

天花板上一顆貝殼掉下來打在富雄頭上，然後掉到他腳邊。富雄撿起貝殼；貝殼絞盡最後一絲力氣發出的聲音，聽起來就像大學那晚文江沉溺在快感中發出的嬌喘，富雄不禁背脊發涼。貝殼貌似忍痛從微微張開的縫隙中吐出泡沫，但馬上又沒了動靜，所有水分從開口流出、乾涸之後，貝殼就像山嵐散去一樣消失。

富雄打著赤腳，走進庭院。

草皮刺得他腳底發癢，風溫柔冷卻他臉上的淚痕。他感覺渾身輕薄，好像身體不是自己的一樣；他張開雙臂，像株渴求陽光的植物浸沐日光，終於感到舒暢。這種感覺是不是讓人很想翻單槓呀？文江似乎在他耳邊低語。妳說呢？富雄突然想到，他一直忘了問文江模糊的視力最後是怎麼好起來的。富雄對文江的了解，僅止於她放聲縱情的片刻。富雄試圖回想文江躺在他身旁別開臉時那副難過的神情，但不曉得為什麼，腦中只浮現出她翻單槓時露出的內褲。女人的身影轉眼間就被一片米白色抹蓋，甚至模糊了輪廓。富雄驀然思念起文江。

富雄回過頭，看著一臉茫然站在房子裡的媳婦與孫女。屋內密布的黑影，如今已完全不見蹤跡。

它們到底消失去哪了？

下一次又會纏上誰？

富雄衝著兩人笑，神采奕奕地喊：

「我們來洗衣服吧。」

揮別母親

はははなれ

當初說想去掃墓的人，是我。

母親拖著腳步像在扒土，走在我們前方，不過她突然停了下來。我越過母親的背影，看見她那台被丈夫停得彆扭的天藍色車子，和一台車門上印著「山本石材」四個字的白色卡車小不隆咚的。寬敞的停車場內，兩台車擠在唯一一棵大杉樹的樹蔭下，兩隻燕子從車旁輕靈飛過。剛到時還挺涼快的，但在墓園裡繞了這麼久之後，一股熱氣與不安逐漸浸染了我們三人的後背。

三笠靈園是一座位於北關東丘陵地帶的寬闊墓園；母親停在要價最便宜的草皮區，伸出手指比對記憶與眼前的景象。「我記得這邊有棵松樹，然後經過兩塊墓碑後轉彎，應該第二還第三個就是了啊……」母親擦了擦淋漓大汗，愈講愈沒自信。她就算正常站著，身體還是歪歪的。自從她半年前確診左腳羅患退化性膝關節炎後，就會定期到醫院施打玻尿酸，現在她的左腳看起來像被人打斷過一樣；而當一個器官損傷，身體機制自然會試圖保護該部位，使得全身上下跟著嘎吱作響，最後整個身體軸心都歪倒了。「又回到原點了呢。」丈夫說。

我胸前抱著剛才在市立墓園入口攤販上買的花，左看看右看看。我們走進了一座沒有編號的迷宮，又繞回了原點。這時卡車那邊傳來東西碰撞的噪音，蓋過了丈夫的話。砂石工人用他們厚實的手葬送那些被打碎、失去價值的墓碑碎片，粗暴地扔上卡車；或許卡車的貨台就是墓碑的墳墓。無人供養的墳、無法入土爲安的人、被趕走的人、以及親友找不到他們墓碑的人都一樣令人同情。說來慚愧，如今只剩下母親還記得父親的墓碑在哪裡了。

墓園內鴉雀無聲，完全感覺不出遊魂的熙來攘往。我十幾年沒來這座墓園了，我看著陽光溫柔撫摸墓碑的頭。

「到底跑哪去了呢？」

母親仰頭說道。丈夫將手上的水桶放到草皮上，轉了轉手腕，看起來很累。是我說墓碑位置很近，他才將水桶裝滿水的，沒想到卻害他做了這麼久的粗活，眞是對不起他。「就是說啊……」丈夫面不改色點了點頭。我們各自帶著困惑，掃視靜止不動的墓碑群。

「好像在躲我們一樣。」

丈夫的話聽起來不像在開玩笑，我和母親都笑不出來。天色由紅急遽轉黑之際，母親終於開心地舉起手吶喊：「這裡，在這裡！」我們趕忙跑過去，才發現原來父親的墓碑近在眼前。

綻放於蓮花造型大台座上的碑石，表面擦得乾乾淨淨，甚至還看得見我們的倒影。花瓶裡供著繽紛的唐菖蒲、百合、青葙，一看就知道不久前才有人照料過。雖然我覺得墓碑也沒有漂亮不漂亮的問題，但眼前這座墓碑悠悠反射煌煌夕陽的樣子，著實令人歎爲觀止。

「妳看到哪裡去啦？不是那一座。」

我們家的在這裡！母親一把將我拉過去。

隔壁有一座小一號的墓碑——不對，碑石的大小應該是一樣的，只是這一座看起來一副委屈、萎靡的樣子，所以感覺上比較小。我從及膝的雜草間看出「勝浦家之墓」幾個灰頭土臉的字，不禁叫出怪聲。

「好啦好啦，抱歉好一段時間都沒來看你啦。」

母親蹲下來，俐落拔起茂密的雜草。我和丈夫看著她的背影，也從袋子拿出剛才繞去五金百貨買的工地手套。苦澀的草味抗議似的掠過鼻頭，灌入鼻腔，帶著一點夏天的氣息。看來得花上好一段時間才能把墓碑周圍清理成原來的樣子了。

我將石子間的雜草連根拔起，不時揮趕飛來飛去的蟲子。我們這樣亂挖，留下處處隆起的土推，別說是慰問死者，根本就弄亂了這座聖地。我心想得趁天色暗下來之前趕緊掃完墓才行。

「糗了。」

母親突然嚷嚷。她拿剛才買的百合在花瓶旁邊比了比長度，抱怨自己忘了跟攤販借剪刀。「要我去借嗎？」我看向墓園入口等她回應，但她嘆了口氣，大大搖頭，跟我說不用，同時粗魯地折斷百合的莖。母親依她的標準觀察花瓣的重量，還有紫色、粉紅色、白色之間的色彩平衡，拔拔插插調整花的位置，並適時折斷太長的莖。她從錢包拿出十圓硬幣投進花瓶後，擦去額頭上如瀑的汗水以免流入眼睛。

母親坐在階上，點起父親生前常抽的菸。她嗆了幾聲，吐出來的一大口煙化成一條龍，接著便拿下吸了一口的菸，扔到剛點著的線香旁邊。

「下一步。」

母親轉過頭來發號施令，我拿出袋子裡剩下的那罐杯裝清酒遞給她，她果斷將整杯酒一口氣淋在墓碑上。我看著酒從墓碑頂端慢慢流下來的軌跡，那黏答答的表面，看起來就像父親久違流了一身汗的樣子。

這樣就算祭拜好了嗎？清酒的味道醺著我，我不明所以地合起掌來。

*

我最近動不動就跌倒。最早一次應該是一個月前，我從車站的樓梯上跌了下來，背部重摔在地。即使我試圖去抓扶手，身體卻感覺被腳拉住，我整個人一路滑下來，膝蓋和小腿上好幾道擦傷還流了點血。後來我把鞋櫃深處的球鞋拿出來重新綁好鞋帶，但一個禮拜後從超市回來的路上，又在一片平坦的地方從腹部失去重心往前大摔了一跤，留下嚴重瘀青，只差沒把內臟摔破而已。

幾天前，終於就連家裡的一點高低差都能害我踉蹌了。那時我感覺背中央一帶抖了一下，就好像有人從背後輕推我一把，害我打了個冷顫。

「那個地方我明明每天都會經過，會不會是我恍神了，還是代表我老了？」

我想起母親那左腳拖在地上、聲音聽起來像吸鼻子的走路方式，半開玩笑地對來家裡玩的美香說：「身體的狀況或多或少都會像到父母呢。」殊不知美香的反應完全出乎我的意料。

「小夜美，妳有沒有乖乖去掃墓？」

見她神情嚴肅，我不禁「咦」了一聲。

「掃墓？」

「對啊。妳最後一次掃墓是什麼時候？」

我回想自己抬頭看著墓碑的記憶，說大概是讀國小的時候。

美香伸出舌頭探探我剛泡好的紅茶會不會太燙，隨後以責備的語氣說道：「妳這樣不行啦。」

「這樣他會生氣的。」

「誰會生氣？」

「妳爸爸。我記得他是在我們小二還小三的時候過世的吧？明明是自己父親的墳墓，怎麼能都丟在那邊這麼久不管啊？」

丈夫下班回來後，我提起這件事；他坐在浴缸裡，抬頭看我雙手叉腰站在換衣間，露出一臉不可置信的表情。

「美香是那種人嗎？」

丈夫調低手機的音量，皺起眉頭。最近他沉迷手機遊戲，泡在浴缸裡的時間也愈來愈長。眞佩服他這樣玩手機竟然不會掉進浴缸。我問他：「哪種人？」丈夫抓了抓頭說：「靈異體質之類的。」

「這我是不知道，但聽了我也開始害怕自己是不是遭天譴了。」

「妳盂蘭盆節[4]沒回娘家嗎？」

丈夫每年的盂蘭盆節都會回他郊外的老家；我實在提不起勁跟著他回去，所以總是留在家裡，把冷氣調到自己喜歡的溫度，一個人舒舒服服享受屬於自己的時光。我明明跟丈夫說過好幾次，我也不會特別回娘家，他的表情卻像是頭一次聽說。

4　日本傳統節日。一般爲八月中旬，類似台灣淸明，有掃墓的習俗。

「嗯。而且我們家不知道從什麼時候開始就沒有掃墓的習慣了，所以有回家也不會提到這件事。」

「是喔。」

丈夫對話題失去了興趣，在浴缸裡重新坐好，目光回到手機上。

丈夫沒有什麼嗜好，喝酒、抽菸也不過度。好像就只有召喚每種依生理構造而擁有不同攻擊方式的動物，隔著手機螢幕和看不見的對手對戰，才是他唯一能放鬆的時候。

「無言無課金地藏？」

之前我瞄過一眼丈夫雙手間的手機畫面。

「哦，這是我的帳號名稱啦。意思是不花錢、不聊天、一個人開心玩遊戲。」

五光十色的光線像場流星雨，隨著他滑來滑去的手指飛來竄去。我根本看不到動物在哪裡，也不知道牠們長什麼樣子，更不知道現在到底發生了什麼事情。

「你打贏了嗎？還是快輸了？」我問。地藏「唔」了一會，摸了摸他肥大的肚子說：「不相上下吧。但我沒那麼在意勝負啦。」

「我只是喜歡培養東西的感覺。這些動物長得可愛，看牠們變強我也很開心。」

每當他遭受攻擊，螢幕就會閃紅光。明明上場戰鬥的動物造型都很可愛，畫面中的世界卻比人類的世界更加活生生、血淋淋。牠們死了又死，又因爲特殊的藥劑而不斷復活，堅忍不拔地承受攻勢。這種培養方式未免也太斯巴達了；那些動物在逼近敵營的過程中不斷被刺、被打、被勒，根本沒有喘息的機會。

丈夫之前手把手教過我怎麼玩這款遊戲；一開始我也覺得有趣，可是玩遊戲耗電量大，而且我和丈夫一樣沒有儲值，所以角色都升不了級，玩到後來怎麼打怎麼輸，突然就覺得沒意思了。別人都有花錢，所以有很多武器可以用，升級速度也很快。如果不投資這些動物，牠們就只能在固定的關卡踱步。過了一陣子後，我連遊戲也懶得開了，那些可愛動物就這樣無言沉沒在黑漆漆的畫面之中。

＊

掃完墓時，天色已經黑得像加蓋了一樣。這一帶四面環山，雖然已經五月，但只穿短袖還是有點涼。上車前，我脫下鞋子拍打車底邊緣，拍掉鞋底的泥土。這時母親突然說她想去公共澡堂。

「不是吧，現在嗎？」

導航的時鐘顯示已經超過六點，從這裡回我們武藏小山的家，少說也要搭兩小時的電車。「阿哲，你明天放假吧？」母親確認丈夫的表情後滿意地點點頭，「那乾脆就回我們家住一晚再走囉。」母親興沖沖湊近，半強迫地留我們下來。

我們拖著疲憊的身軀，來到週六人滿爲患的大型綜合公共澡堂，這群人看起來大多是觀光客，應該是被澡堂標榜接引泉源的文宣拐來的。大概是從我十年前到東京念職校的時期開始，老家這邊突然建立起地方品牌，明明也沒有特別想振興在地的意思，生產的肉品、雞蛋、蔬菜卻硬要冠上地名。起因好像是當初某大企業爲擴大事業版圖，在這一帶蓋了一間武士家屋風格的旅館，電視也常常報導，才帶起了這個現象。我原本暗暗唱衰，同時也安心這無聊又偏僻的地方不可能改變，也不可能繁榮起來，沒想到最近來觀光的年輕情侶和外國人人數已經不輸給老年人和家庭客了。這些過客身上的味道日益沁染土壤，優雅地依附在這片土地上。每次回老家看到這些變化，都讓我感覺更加疏離。

沖洗完身體後，我和母親泡進臥式浴池。這還是我們第一次躺在彼此身邊仰望天空。

「妳是不是去掃墓之前就打算來了？」

「嗯。」母親答得毫不猶豫，「一個人來這種地方不覺得很寂寞嗎？我才要問妳，怎麼突然說要掃墓？明明妳之前一點也不關心。」

倒也不是關不關心的問題。我沒把母親的話當一回事，逕自望向露天浴池。我瞥見一名年紀和我差不多的女人搓著她充滿彈性、宛如塞了顆大球的肚子，一次又一次伸腳測試露天浴池的水溫，那動作令我想起美香喝茶時伸舌頭的樣子。女人鄭重其事測量水溫，好像神經遍布腳尖；看著看著，我摸了摸自己扁平的肚子。

「懷孕後，我變得比以前還要神經質，連一點小事都會很在意。感覺好像我整個人的個性都不一樣了，眞可怕。」

美香嘴上說討厭，但我還是從她起伏的語調中聽出她欣然接受變化的心情。我和美香雖然是國小同學，卻是長大以後才好好聊上天——在臉書上，而且還是因為她家離我家意外很近的關係，我們才搭上線的。所以我也只大概認識長大成人、懷孕之後的美香。「哇，原來眞的會這樣喔。」我發出言不由衷的感動，啜了口熱紅茶。美香在二十八歲那年的除夕生下孩子，今年已經一歲了。那名泡在露天浴池裡的女人，不知道現在懷孕幾個月了。七個月？

我將虐待欲與保護欲交雜而成的情感刺向她膨起的肚子，她的肚子「噗咻」一聲在我眼前應聲落下。

印象中，我是從兩年前辭掉美髮師的工作、結了婚之後，才開始注意起那些穿洋裝隱藏身體線條的女性，還有那些隆起的肚子。收進手提箱裡的化妝刷，後來也只有再用過一次，用在母親身上。

「噯唷，我嫁不出去了。」

去年秋天，母親開門迎接我時臉上貼著皮膚色的OK繃。聽她在電話裡那麼慌張的語氣，我還以爲發生了什麼緊急狀況，匆忙趕來才知道原來事情早就過了快十天。看見她嘴角的痕跡就像戴著一副變裝用的假鬍子，我瞬間忘了緊張。

她說她最近只要耐不住漫漫長夜，就會一個人大喝一場，把自己灌得爛醉。

那天她半睡半醒之間看著預錄的大河劇，隔天早上正當她覺得穿過窗簾縫隙的陽光很刺眼，想要睜開眼睛時，鼻頭至內眼角一帶突然感到一陣刺痛。她微微撐開眼皮，發現自己整個人半掛半卡在冰箱旁邊的紙箱堆裡。套一句她自己常說的話，她之所以會在這裡摔跤不單純是因爲喝醉，也因爲「以她的體型來說屁股太大了」。她那副只會在家裡戴的眼鏡掉在地上，裂成悽慘的模樣，仔細一看，其中一邊的鏡片還脫落了。她怯怯摸向嘴邊，才發現眼鏡碎片刺穿了鼻子下方。

「一開始還沒那麼痛，可是到醫院縫了十五針後就痛得要命。我聽說整形外科會縫得比較漂亮，所以就趕快跑去那邊處理，至少這部分我還覺得自己挺機靈的。」

「好在妳不是刺到眼睛。」

「是這樣沒錯，但上了年紀後傷好得慢，又很容易留下疤痕。」

「妳這樣說也是啦。」

母親點頭，她剛燙好的頭髮隨之搖擺。

「噯唷，我嫁不出去了。」

我心想妳都已經六十好幾了，就算沒有那十五針的疤痕，也沒有人要娶妳了吧。她側臉塗了厚厚一層防曬乳，那一塊白得和脖子的膚色有明顯落差。「聽說照到紫外線的話更容易留下疤痕，所以我防曬擦得很勤。」母親以話語反彈了我的視線。

她說傷口已經癒合了，並撕掉ＯＫ繃給我看。

「妳看這麼嚴重。」

線拆了、痂也掉了，如今只剩下一條幾釐米長的淡棕色線條。

「也沒那麼嚴重嘛。」

「我好歹也是女人家耶。」

「是沒錯啦。」

「妳應該有辦法幫我把疤痕遮掉吧？」

聽她這麼說，我總算明白她爲什麼在電話裡叫我帶我工作用的東西回來了。

「應該可以，疤痕看起來也沒有很不平整。」

我輕輕撫過母親臉上那條線，微微隆起的小蚯蚓摸起來溫溫的。母親整個人坐滿沙發，咬掉嘴唇上的乾皮，整張臉向前推出。

我從化妝包裡拿出幾種幾乎不會用到的乾硬粉底擺在桌上。沒想到為了暫時遮掩紋身或傷痕而準備的用具，竟然會在這種地方派上用場。我先在手背上調出類似母親的膚色，以刷毛前端沾一點塗到她臉上，再加一點紅和黃的粉底微調，最後用指腹拍勻，掃掉多餘的粉末。

「搞定。」

「……咦？弄好了？」

「嗯。要遮的範圍很小，也不是什麼困難的事情。」

「我想看我想看，拿個鏡子給我。」

我連忙從手提箱拿出一把小鏡子給母親。她緊握著鏡子不放，盯著自己的臉驚嘆了半天。

「這是什麼特殊的粉嗎？」

「算不上特殊，就是遮瑕效果比較好的粉底。」

「感覺我比受傷前還要漂亮。」

「滿意嗎？」

「非常滿意。」

母親不斷變換臉的角度凝視自己的嘴唇上方，左看看、右看看、拉長人中，然後又回到正面。

「只塗那邊反而會很突兀，所以妳之後底妝記得要上喔。」

「嗯。」

「我留一罐專用的卸妝液給妳，妳洗臉的時候不要搓太用力喔，不然很傷皮膚。」

「嗯。」

「這個粉底我也沒在用了，就留給妳囉。」

「妳技術很好哎。」

母親抬頭，笑著向我道謝，然後又看向鏡中的自己。

除了生命之外，若要說母親給了我什麼，大概就是處變不驚的能力吧。運用現有材料調配顏色、平均抹勻的美髮工作，和我一直以來活著的感覺似乎有些相似；我在浮現同理同情之前，習慣先在腦中快速梳理一遍事情的癥結點和解決方法，釐清現在該做的事情和不必要的資訊；那是一種排除無謂邪念與情感的過程。「萬一」母親發生了什麼事，我也可以運用這項能力應對。

雖然我對美髮工作多少懷著驕傲，不過丈夫希望我辭職，所以我也辭得很乾脆。我沒有孩子，又沒有工作，整天無所事事，所以有時候也會感覺有股非得做點什麼的焦慮撩過全身；然而這股焦慮，最終仍會朝著維持現狀的結論緩緩著陸。

「生孩子是不是眞的很辛苦？」

背對我躺在一旁的母親，轉過頭來沒好氣地「啊？」了一聲。

她小心動著左腳，慢慢躺正，挺起她的軟肚皮頤指我看；一條明顯的黑紅色縫合疤痕歪七扭八的，沿著肚子一路流向肚臍。

「什麼辛苦不辛苦，妳看這樣子。」她伸手點了點女兒從肚子蹦出時留下的痕跡。

「是我蹦出來的方式很糟嗎？」

我原本預期母親會反駁才這麼說的，沒想到她卻毫不避諱地回我：「搞不好喔。」我聽了失望透頂。

「是因爲妳外婆當初說剖腹產的小孩頭才會圓得漂——漂亮，我才選擇剖腹產的。誰知道妳打出生以來就不愛翻身，頭都被妳睡成一座峭壁，眞是虧大了。」

要是妳小時候睡覺多翻身就好了。母親最後對著天空拋出這麼一句話。

我第一次聽到剖腹這個詞，是在八歲的時候。那天是禮拜天，哥哥隨著足球隊遠征其他縣市，難得只有我和父母三個人到外面吃飯。母親點的東西遲遲沒有上來，但她在這種時候也不會叫我先吃、不用等她。我肚子發出的聲音已經來到喉嚨，感覺就要打出一個奇怪的嗝；我扭來扭去，張望四周，父親搖搖頭制止我繼續抖動餐桌。每當自己的孩子不安分，父親就會盯著我們搖搖頭；他總是不苟言笑。如果說母親代表了動，父親就代表了靜，而我比較喜歡父親的修養。

母親點的東西終於上桌，盤子上盛了一顆圓鼓鼓的麵皮。我的視線從那道稀奇古怪的料理慢慢對上父親的眼睛。那是什麼？不知道。就算我看了菜單也看不懂字，根本不知道什麼是什麼。

我等著看母親會怎麼吃。她用刀子前端劃開那像氣球一樣又圓、又膨的柔軟麵皮，一股熱氣竄出，香氣搔癢我的鼻子與臉頰；我聞到烤披薩那種番茄醬的味道，看到切口裡面塞滿了香腸、炒過的洋蔥和纏在那些料上的起司。母親突然感慨：「這讓我想起了剖腹的樣子。」

「剖腹？」

「吃飯的時候不要講這個。」

父親難得厲聲，他看了看周圍後板起臉孔說「不要講那些噁心的東西」，接著終於動起涼掉的漢堡。他將漢堡切成漂亮的一口大小，送進嘴裡。

「什麼噁心？小夜美就是這樣生出來的哎。」

哪有人這樣講話的、過分，母親嘴裡唸唸有詞，拿起叉子粗魯捲起麵皮，塞進她大大張開的嘴裡。

我一臉茫然，看看母親又看看那盤神秘的料理。

那盤不知道叫什麼名字的東西，它的麵皮是母親的肚皮，我則是被挖出來的香腸。我默默想像起小嬰兒被叉子戳痛的樣子，一團苦汁瞬間湧上喉頭，害我差點吐出來。眼前的蛋包飯一直到剛才都還令我食指大動，現在我卻忍不住別開臉，用指甲戳自己的手背忍耐。母親見狀湊近問我：

「妳肚子痛嗎？」

我沒說話。

「還是妳不餓？」

我死命搖頭。

「妳這孩子眞奇怪。」

母親發出口水與食物交纏在一起的溼黏咀嚼聲，將一口口食物吞進胃裡。

「小夜美妳一天到晚這樣呆呆的，如果發生什麼事情妳一定是來不及逃跑死掉的那種人呢。」

隔壁位子的母親看起來泡得很舒服，肚子大大鼓起，又大大萎縮，那是她即將睡著的前兆。擴張與收縮，生命進入又跳出，這個過程對母親來說或許並沒有那麼痛苦。我這顆峭壁頭躺在石枕上久了開始覺得不舒服，於是我捲了條毛巾塞進頭枕間的縫隙，穩定我的頭。

那道圓鼓鼓的麵皮究竟是什麼菜？

我來到更衣室拿起手機一看，丈夫已經泡好出去了。他傳了一堆催促我們的訊息：「我人在外面囉」、「我先喝個啤酒喔」、「妳們泡得怎麼樣？」、「哈囉」。我急急忙忙擦了化妝水，打開置物櫃準備拿衣服出來換。母親說我的內褲也在裡面，我手伸進置物櫃抓了件感覺像內褲的東西，結果抽出一件我沒印象的白色蕾絲內褲，我當場傻住。

「我有這樣的內褲嗎？」

我指頭勾著內褲往兩旁拉了拉。我二十歲出頭時很流行這種緞面質感、面積很小的內褲，我自己也穿過；不過這種內褲穿起來很不舒服，黏衛生棉的時候翅膀的部分會整個跑出來，走路的時候還會莫名捲成一條線掐住肉。

「不是，妳的是這一件。」

母親蹲下往我腳邊的置物櫃裡探頭，頭髮上還滴著水滴。她拎起袋子，拿出我高中那件大面積又皺巴巴的內褲遞給我。

「媽，妳那件哪裡買的？」

母親用髮夾夾起濕濕的頭髮後轉過頭來。

「沒想到最近超市賣的內衣褲也那麼漂亮哪。」

母親說到一半，她的話就和內褲一起在大腿附近纏成一團，但她還是喜孜孜穿上了那件內褲。細緻的蕾絲布料，透出歪曲的褐色痕跡。母親看起來已經完全不在意那道令我們家所有男人退避三舍的傷痕了，但卻對臉上的傷痕那麼大驚小怪。安慰與浮躁的情緒交錯，我一時之間也糊塗了。

我從更衣室出來，看到丈夫正喝著酒、玩著手機；母親把車鑰匙交給我後也一副理所當然的樣子替自己倒了杯啤酒。我已經很久沒看見母親的傷痕了，應該說連她的裸體也很久沒看到了。今天怎麼老是想起過去的事情。

父親過世前幾個月，我們全家有次一起到游泳池玩。自我懂事以來，那還是第一次我們全家大小一起去游泳池。之所以有那次機會，是因爲那年夏天母親患了腸胃炎，體重因此掉了好幾公斤，她開心之際，剛好又在購物中心發現一套花俏的泳裝；原本不管我跟哥哥再怎麼央求母親帶我們去游泳池，母親都會以「我生了小夜美之後變胖了」爲由堅決不答應。當時我見機稱讚母親穿泳裝好看，終於讓我成功逮到全家到游泳池玩的機會。

我從更衣室走出來，哥哥站在消毒的小池子前等著我，我們跑去游泳池邊的美食區叫了一碗刨冰。父親從手提袋拿出游泳圈給哥哥，接著便坐在椅子上抽菸。

過了一會，母親穿著扶桑花圖案的比基尼現身。前一天晚上母親試穿時問我怎麼樣，我說很可愛。

「妳那是怎樣？」

父親見到母親的樣子，整個人愣住。

「會不會太花俏？這是小夜美幫我挑的。」

「妳是不會在意那玩意兒的人種嗎？」

扶桑花柱頭的部份擠著母親的大腿肉，她手指伸進去拉了拉調整。「不是那裡。」父親指向母親肚子上黑紅的縫合疤痕。母親瞪大了眼，輕撫肚臍底下凹凸不平的痕跡，接著猛然抬起頭問：「你說這個？」我吃著冰，默默觀察眼前的狀況。我從小就看習慣那條蚯蚓般的疤痕，因爲小時候和母親洗澡時她常說：「這是媽媽努力生下小夜美的證據哦。」她的語氣聽起來很開心，所以我一直以爲那是好的傷痕。

「你就這麼介意嗎？」

「在這麼亮的地方太明顯了。」

母親走向一旁正在努力幫游泳圈吹氣的哥哥問：「和也，媽媽問你，你對這個怎麼想？」

「嗯……是有點那個啦。」

「哪個？」

哥哥吹進一大口氣後突然喊累，把吹到一半的游泳圈丟到我腳邊要我接棒，然後抬頭看向母親。

「以妳的年紀來說可能太花俏了。」

「就跟你說不是在問泳裝。」

「啊？」

「這個，小夜美的疤痕。」

「哦——疤痕啊。」

「嗯。」

「是說妳不覺得它太粗了嗎？歪七扭八的，是不是當初縫得太隨便了？」

「……你覺得我應該把它遮起來嗎？」

哥哥與父親面面相覷，點了點頭，母親看起來深受打擊。

母親那天只有泡泡腳，後來就一直坐在池邊休息。她摸著我稱讚可愛的鮮豔泳裝，望著悠哉蛙泳的父親和我們兄妹倆抓住游泳圈的樣子。是父親的錯嗎？是我的錯嗎？還是誰也沒有錯？我泡在游泳池裡，滿腦子都在想這些事情。我明明期待那一天這麼久了，快樂的心情和體溫卻逐漸流失，令我瑟瑟發抖。都是我出生的方式害母親留下那樣的傷痕，但事到如今又能怎麼辦？

如果是現在的我，就有能力蓋掉她那道隆起的傷痕了。只要先貼上專門用來遮紋身的膠布，再塗上防水的遮瑕膏模糊輪廓，看起來會更接近自然的膚色，而且即使下水也不會掉。那麼一來，母親就會像我幫她蓋掉臉上傷痕的時候一樣，開開心心從各個角度照鏡子了吧。我想過好幾次，要是現在的我一定可以做到。現在的我，一定能讓母親不必在意周遭目光，穿上那套比基尼自在游泳。

＊

路上空蕩蕩的，開起車來反而恐怖。我代替喝了酒的丈夫握起方向盤，原本泡完湯後暖呼呼、不斷沉淪的身體重心又再次繃緊；我慢慢開在夜間的小徑，從路邊竄出來的東西已經不是人，而是無法預測行動的小動物了。

我平安將車停入屋子旁的露天車庫，鬆了鬆緊張的身體，準備走向玄關。當下我腦中的問號揪住了幾公尺外一片黑暗中的模糊身影。我嚇了一跳，電線桿旁有什麼東西，好像還動來動去的。當我適應了昏暗的環境後定睛一看，的確有個人影站在那邊。

而且不只有人，還有一隻狗。有個人雙手抱著一隻小型犬，靜靜杵在電線桿旁邊。我覺得很不舒服，倉皇加快腳步；當我們都進到屋子之後，我又被屋子裡的段差絆到腳，從膝蓋失去重心摔了一跤。

「外面好像有個鬼鬼祟祟的人。」

丈夫確認門關好後也不管跌坐在地上的妻子，逕自皺起眉頭對母親說道。看樣子就連他這麼遲鈍的人也察覺到了。

「沒事，那我認識的。」

母親這麼一說，我和丈夫都傻在原地。

「咦？這樣嗎？那要不要去問他找妳有什麼事？」我問。

「喂，他還在那邊。」

丈夫一說，害我霎時不敢呼吸。我稍微撥開客廳的厚重窗簾，從縫隙窺探外面的情況。母親認識的人依然維持相同的姿勢，抱著狗站在那台天藍色的車子前。

「我怎麼覺得他看起來很像可疑份子。」

母親一屁股坐到沙發上抽起電子菸，吁了長長的一口氣，大大展開雙臂說：「我跟他說我女兒跟女婿要來，所以今天不想見他。」

「什麼？那他還這樣不是很離譜嗎？」

母親聽丈夫這麼一問睜大了眼，心不在焉道：「會嗎？」

丈夫拿起菜刀，將母親前一天從超市買回來一百克要九百圓的高級肉愼重切成三分；我拿出壁櫥裡的卡式爐放到桌上。感覺一直有股無形卻濕黏又糾纏不清的視線，那種被人監視的不自在感怎麼也甩不掉。身後傳來各種快活聲響彷彿要驅散不安的氣氛，母親拿著一瓶啤酒直往肚子裡灌，而平常不穿圍裙的丈夫則端來了火鍋。

「阿哲眞是個好老公呢。」

丈夫穿起圍裙一點也不適合，母親見狀倒是出言讚嘆。

「要是我家那口子也像你一樣貼心，我們相處起來肯定會融洽得多。」

不知道母親是不是想起了從未做過家事的父親，她連連稱讚丈夫。

「我可以開電視嗎？」丈夫問。

「這個時段沒什麼好看的就是了。」

母親拿起遙控器轉了一台又一台，每當她看到年輕男性就會問我那是不是傑尼斯，每次我回答不是，她都會笑著拿起手邊的杯子喝口酒，看來她酒意也開始上來了。

「剛才那個人叫阿康。」

電視上的人分享完自己的故事後，所有來賓都拍手大笑，丈夫的視線從電視移回火鍋濃稠的表面，打了個嗝說：「喔，那個跟蹤狂？」但母親隨即訂正：「不對，是情人。」

「什麼？情人？」

丈夫目瞪口呆盯著我，我搖搖頭說自己也沒聽說過這件事。我低頭看著自己的牛仔褲，膝蓋附近的部分在掃墓最後淋清酒時被濺到，那一塊的顏色深了一些。我就這麼默默等她說下去。原來不只是認識的人而已，還是情人。那我更搞不懂了，爲什麼母親要把她的情人晾在外面不管？

「媽妳怎麼不早講，我們請他進來坐嘛。」

丈夫尋求我的同意，他超乎尋常的高音在我腦袋裡作響。

「門關著不讓他進來也不好意思，我跟小夜美一點都不介意的。」

「不用不用，讓他進來多尷尬。」

「一直把人家擋在外面才尷尬啦。」

我突然對那個男的產生了興趣，於是也替丈夫助陣。

「就說不用了嘛。」

母親食指按著人中，一副事不關己的態度說不用管他，說完便托起了腮。

「對方幾歲啊？」

「對了，手機裡有照片。」

母親跑去拿包包裡的手機。

「奇怪？等一下，跑哪去了？等我一下，啊，怎麼不會動了？」

母親敲了敲畫面，然後像翻報紙一樣舔了一下手指後拚命滑。她原本連按鍵式手機都用不太習慣，但去年我還是買了那支智慧型手機給她。我教了她基本的使用方法後，她說「剩下就靠實戰演練了」，接著便開始到處拍附近開的花、當天吃的午餐或出門買回來的戰利品，然後猛發照片給我。

「這張可能比較清楚。你們看，就是他。」

照片上，五名男性和母親圍坐在一張小小的餐桌，桌上有幾瓶酒，每個人的臉都紅通通的，顯然已經酒過三巡。

「哪一個？」

「正中間、抱著狗的那個人。」

在一張張豆子大的臉龐之中，我馬上就找到了抱著狗的人。

我伸出食指與中指，像打開禁忌的大門一樣，戰戰兢兢放大了照片。這個跟蹤狂、這個怪人，看起來曬得挺黑，沒有蓄鬍；雖然坐著但還是看得出他肩膀很寬，像做工的人；他眼角下垂，眉毛格外的細，可能以前有混過；他抱在胸前的白色小狗很可愛，但看不出來是馬爾濟斯還是博美。

我看著照片，驚覺自己竟暗自期盼母親會喜歡上和父親相似的人。母親坐在那個男人隔壁，笑得有點靦腆，看起來想避開男人抱的狗。她手上的塑膠杯裡還裝著一點酒。

「這是在哪裡？」

「酒鋪。」

「不是居酒屋？」

「不是，是酒鋪。你看那邊不是擺著一堆酒瓶嗎？其實還有很多，整面牆都是。後面還有放一些乾貨。這家店靠馬路那一面比較長，入口還有兩個。」母親秀給我們看好幾張店裡的照片，但每一張都晃到了。

「這樣啊。」

「那間店可以帶狗進去喔？」

「要帶狗還是帶食物都可以。」

「但是媽，妳不是怕狗嗎？」

「嗯，我不喜歡。」

「哇，明明看起來很像居酒屋。感覺好像什麼異空間。」丈夫說。

「但眞的不是居酒屋。其實酒鋪本來就是這樣的地方。」

「這個人是有哪裡好？」

我發現自己的語氣比想像中還要刻薄，於是語氣放軟再問一次：「他是個怎麼樣的人？」母親陷入沉思，想了好一陣子後也不算正面回答我的問題，但開始娓娓道來。

老家附近有一間歷史悠久的酒鋪，現年將近八十的老闆是第二代，他高中畢業之後就繼承了家業；母親每晚必上這間擁有將近九十年歷史的老店買酒回來小酌。那間店本來還有賣乾貨和蔬果，後來縮減品項只賣酒，並藉著一些適合下酒的小菜和罐頭，繼續提供店內喝一杯三百日圓的親民服務。聽說客群非常廣泛，有人是帶狗散步途中順道坐下來喝一杯，也有一些是公所退休的老人，還有住附近的醫生娘，最年輕的是一名四十歲的送貨大哥。由於店裡沒有空調，所以夏天時他們是採用前一個時代的模式，在店外的屋簷下擺幾座啤酒箱代替座椅。

老闆娘在隔壁市種了一座田，但也會到酒鋪裡幫忙。如果她傍晚帶著作物回到店裡，還會免費招待當天現採蔬菜做成的沙拉、天婦羅、涼拌、豬肉味噌湯或簡單調味的燙青菜。

「雖然這違反衛生法規就是了。」

「但很實惠呢。」

「我就是在那裡認識阿康的。」

「他是做什麼工作的？」

「我記得是樓梯扶手吧。」

「所以是木工？」

「不是，不太一樣。啊——那叫什麼，想不起來了。他說他離過一次婚，養的狗現在生了病，聽說是白內障，幾乎看不到東西。我看著看著也覺得那隻狗可憐了起來，光從外表就能看出牠有多虛弱。阿康說他之前養的狗被車撞死，害他難過得不得了，很擔心自己再失去現在這隻會不知道該如何是好。男性好像比想像中還害怕面對這種事情的樣子。與其說我喜歡他，應該比較像是同情他吧。」

母親說到這裡突然想起什麼，從包包裡拿出保健食品，往嘴裡扔了一大把。那是超市內藥局賣的營養補充品，我以前也常吃，但我在感受到效果之前就不吃了。我眼看著那些錠劑擠過母親的喉嚨，感覺母親獨自默默生活的寂寞將我整顆心都揪了起來。我不禁嘆了口氣倒在沙發上。

「小夜美，這樣也挺好的不是嗎？畢竟妳時不時就會操心媽只有一個人嘛。」丈夫一副欣慰的樣子拍拍我的背。

「可是啊，阿康最近也怪怪的。」

「妳們吵架了嗎？」

「不是，不是心理上的問題。」她左手拍了拍胸口。

「我猜我是被陽痿的神明詛咒了。」

丈夫的手停在盤子上，表情僵硬，直盯著手邊亂打到起泡的蛋黃。

「……還有掌管陽痿的神明嗎？」

丈夫怯生生發問，打破了短暫的沉默。

「肯定有。」母親神色怪異地點了點頭。

「唉，我都不知道該怎麼應對才好。」

「這樣啊……不過現在也有藥可以吃不是嗎？嗯——威爾鋼還有那叫什麼的，聽說也沒那麼貴。」

對不對？是不是？一般來說都會這麼做吧？母親連連應和丈夫的話，點頭如搗蒜，感覺都快把頭給甩斷了。

「可是阿康就是賭一口氣也不肯吃藥，說什麼男人的自尊不允許他這麼做。我傷腦筋到還想說乾脆塞條鋼絲進去算了。」

母親搓了搓人中，吐了口電子菸抱怨。

「眞受不了，他怎麼和你爸說出同樣的話呢。」

母親兩眼無神瞧著我說。

「我生和也的時候是自然產，所以根本不用想那些有的沒的。」

暑假結束後的第一天，我從學校回來時，聽到母親正在講電話，聽語氣應該是在跟嬸嬸聊天；我走進客廳，母親稍微揮了揮手表示看到我回來了，另一隻手仍握著話筒；我放下書包躺到沙發上，母親立刻壓低了聲音，開始講些模稜兩可的回應。

「但誰知道小夜美的疤痕會讓他不舉……」

我聽到自己的名字心頭一驚，看向母親的背影。小夜美的疤痕，一聽就知道那不是哥哥，是我在母親身上留下的印記，於是我豎起耳朵仔細聽下去。

「……對啊，他沒有在明亮的地方看過，所以整個人都嚇出心理陰影了。但你不覺得很沒道理嗎？如果是我產生心理陰影就算了，他那個沒痛過的人憑什麼排斥我啊？這明明就和絲襪的勒痕差不到哪裡去。」

我腦中立刻浮現前幾天的狀況，與母親的話重合：僵在游泳池邊的父親緊盯著母親肚子上的傷痕。

心理陰影、排斥，我思索著母親對著話筒說的事情是什麼意思。那時我才知道，原來我撕裂的東西並不只有母親的身體。

*

「媽是怎麼了啊？」

丈夫聽著母親的腳步聲上了二樓房間後悄聲說道。母親的臥室就在我們正上方。我躺在床上，轉頭看向一旁打地鋪的丈夫。平常總是倒頭就睡的他雙手抱在頭上，神情難以言喻。

「話說得那麼露骨，害我都不知道該怎麼回應才好。」

「她從以前就是那樣啦。」

或許是因爲累了，我也藏不住心裡話。陽萎、威爾鋼，無論什麼話她都能在人前臉不紅氣不喘地說出口，和我不一樣。

「那個對象感覺也毛毛的。我就算發再大的神經，也從沒像他那樣堵在情人家門前過。」

「他長得也滿詭異的。」

我們交換彼此隨便的看法後，丈夫「唔——」了一聲。

「剛才是不是應該把他叫進來啊？」

「有叫沒叫都沒差吧。」

「是嗎？妳對妳家人好像都有種說不上來的冷淡呢。」

丈夫吸引我的地方，就是他對什麼事情都很淡定。就算餐廳店員遲遲忘了幫他上水，就算我跟他約會遲到了一個小時，他都不會出言責備。即便我煮的東西味道不上不下，他也會稱讚好吃。美香說：「他那哪是淡定，是隨和吧。」我覺得這個說法貼切得就像穿上一件合身至極的衣服，各個部位都服服貼貼。

結婚兩年，我們家的人口也沒有增加。美香有一次挺著大肚子來玩，她回去之後，丈夫便摸了摸自己的肚腩說：「我的肚子跟美香有得比呢。」

「結婚後馬上懷孕，看來他們的性生活很圓滿呢。」

我語帶諷刺，拍了拍丈夫緊繃的肚皮。我們剛結婚時也很積極做人，但明明已經在身體裡備好新房等待房客入住，卻遲遲沒有任何跡象。隨著懷孕計畫輕易受挫，我們對性事的熱情也逐漸降溫，但我們都把嫌惡的情緒與隨之而來的心聲藏在自己心中。

「不過我身邊也有那樣的人啦。」

丈夫抓了抓頭，說得一副理所當然，卻又因爲理所當然而心煩意亂的樣子。

「哪樣的人？」

「像狙擊手一樣的人，一發就中的那種。」

「你怎麼知道人家是一發就中？」

「也是啦。如果獵物的動作很靈敏，就算是神射手也打不中吧。」

「什麼意思？難不成是我的卵子在躲嗎？」

丈夫慌張辯解他沒有那個意思，硬生生笑了笑想把話題帶過去。「不過要不要趁這個機會去醫院看一看？」

「你不覺得在那之前先增加『次數』比較好嗎？」

「我們的次數有那麼少嗎？」

他就只會在那邊唔來唔去。

「我才要問你到底是怎麼想的？」

「什麼怎麼想？」

「孩子啊。你想生，還是不想生？」

「我覺得可以啊。」

「這不是可以不可以的問題，如果生了小孩，我們現在的狀況和生活都會完全變一個樣。我們會失去自由，再也沒有一個人的時間，也沒辦法悠悠哉哉打遊戲了。」

「……是這樣沒錯啦。」

丈夫這句話不知道是說給自己聽的，還是說給我聽的。但他又深深地、緩緩地重複了一次：「是這樣沒錯啦。」這次是說給我們彼此聽的。

幾天後，我說了謊。當我回到家，看到丈夫只穿一條四角褲大剌剌坐在沙發上，我還來不及思考便開了口。

「其實我今天去了醫院一趟。」

「咦？」丈夫關掉才剛打開的手機遊戲，盯著我的肚子。

「醫生說什麼？」

「醫生說都很正常。」

我壓低聲音，幽幽地說。

「這樣啊……還有說什麼嗎？」

「說可能要多注意行房的時機，還有先生可能也有一些問題之類的。」

「是喔……」

「嗯。所以說不光是我一個人的問題。」

丈夫盯著天花板，不久後回過神來開口：「果然是這樣啊。」

「我們也沒必要這麼勉強吧？」

「你說勉強，你有痛苦成這樣嗎？」

「妳想嘛，到頭來要生小孩的也是妳啊。勉強為做而做也會造成妳的負擔吧？」

「怎樣？你是在擔心我嗎？」

你是擔心孩子出生後你自己的生活，還是擔心要生產的我？

我把這句話吞了回去，靜待丈夫的反應。

「要擔心的事情當然有很多啦。不過我們或許也可以趁這次機會轉個念，往積極的方面想想看啊。」

「怎樣叫轉個念？」

「就那個，不是聽說養一個小孩要花兩千萬嗎？如果不生，這筆錢也可以留下來養老不是嗎？現在這樣的夫妻也比想像中還要多。假如說真的懷孕了，那當然也是件可喜可賀的事情。你覺得像這樣抱著正面一點的心態如何？」

我可沒漏聽丈夫語氣中帶著一點鬆了口氣的心情。這個遲鈍的男人，大概完全沒察覺妻子根本就沒去婦產科吧。

是誰說自己「喜歡培養東西」的？結婚前是誰說「我想要小

孩，所以妳工作不用這麼拚」的？現在你想好好養育的，就只有畫面上那些動物而已吧。

雖然我在丈夫面前故作失望，但聽了他那懦弱的藉口，老實說我也鬆了口氣。一旦過了新婚的甜蜜期，面對懷孕與否的現實之際，我才陡然害怕起一條生命會撕裂我的身體蹦出來。這樣也好，反正我也不想生。我活在這個不斷鼓吹生育才能善盡女性天職的世界，終究不可能像美香一樣過得細心謹慎、萬無一失。到頭來，丈夫既沒有拋棄這樣的我，卻也沒有拯救我。

我是從什麼時候開始，像母親吃那些保健食品凍齡一樣，瞞著丈夫偷偷服用避孕藥的呢？既然沒打算切開膨脹的肚子，我想乾脆就再減少一點身體的負擔算了；而且我吃的避孕藥還有減少月經次數的效果，這對我來說也很有吸引力。過去經血總是伴隨沉鬱的心情流出，而隨著次數減少，我生小孩的決意也日漸消退；我不禁疑問自己到底屬於什麼性別。

一旁傳來丈夫安詳的鼾聲，我將臉埋進枕頭，無聲哀鳴。

既然沒生小孩，未來也就沒人會哀悼自己。我空空的子宮只會像那一塊塊堆上卡車貨台的墓碑碎片，沉悶地喀噠喀噠晃蕩不休。

我想，我進了墳墓之後也不會有人來探望我吧。這世上恐怕沒有任何一個地方能安放我被火化、碾碎後的骨灰吧，就連卡車的貨台上也沒有我的位置。父親墓碑的荒涼模樣，就是我未來的樣子。我突然覺得，搞不好父親真的生氣了。他怎麼可能覺得我這樣的女兒好。

*

父親過世時，我才九歲。他有天因爲腦梗塞倒下，沒多久就一命嗚呼了。守夜那晚，我懵懵懂懂送走來弔唁的客人後，脫掉黑色的洋裝躺在地上，打開了電視。

電視打開那一刻，字卡上出現冷凍保存遺體幾個字，一臉濃妝的女性驚訝得嘴巴大開。「這什麼東西，也太有未來感了吧！」電視上的人合唱般連連驚嘆。接著一名貌似主持人的男性表示「世界各地已經陸續有人預約這項服務」，並拿著前面有一隻手的指示棒倏地指向螢幕；螢幕上秀出世界地圖與各國預約人數，有的國家已有五人預約，但也有的國家至今尚無任何人預約，全部加起來其實沒有想像得多；我看著一旁的對話框中寫著「日本預約者一名」，總覺得這好像是個不錯的方法。

我叫醒穿著喪服、像融化了一樣趴在桌上的母親，指著電視提議：「爸爸還沒燒掉，我們把他保存起來好不好？」

「不三不四，不要把你爸講得像食物一樣。」母親揮了揮手示意我關掉電視，「人死都死了，如果又被挖起來也很頭痛吧？」母親用力吸了吸流到嘴唇的鼻涕。我當下想，都是因為「不舉」的關係，母親已經不要「不舉」的父親了。

之後過了三天，母親失蹤了。我和哥哥在家附近繞了好幾圈都找不到人，還跑到所有想得到的地方，超市、隔壁鎮嬸嬸家、墓園，但每一趟都鎩羽而歸。

隔天傍晚，母親準備的菜也吃完了，我和哥哥只好吃洋芋片果腹。這時電話驟然響起，哥哥接起電話連連點頭，聲色逐漸凝重。是警察打來的。

被警察帶回來的母親醉醺醺、臭烘烘的，身體毫無重心可言，好像骨頭整個被抽掉一樣癱軟如泥，如果沒有人攙扶她，她搞不好會直接在地上化開。

「勝浦女士，妳瞧，兒子女兒來接妳了。」

「噁，怎麼一身酒臭。回家了啦。」

哥哥叫我提母親的包包，自己則伸手環住母親，一鼓作氣將她背起，向一個個警察低頭道歉。母親那顆小小的頭也跟著哥哥每次彎腰搖來晃去，感覺都快掉下來了。

聽說警察接獲通報時，母親倒在神社不省人事。聽到神社，哥哥露出難以置信的詭異神情，我才想起來神社住持的兒子和哥哥是同學。聽說發現母親的人是住持的老婆，也就是哥哥同學的媽媽；她早上出來打掃時突然看到有名可疑的女性倒在神社，不知道在那邊嘟嘟囔囔什麼，於是報警。哥哥每聽完一段說明都漲紅了臉，道歉個不停。「我們也找過很多地方，但那個時候……」哥哥一時語塞，搔了搔頭又說：「不過真沒想到媽會睡在那種地方。」母親天天和父親吵架，兩個人的關係看起來一點也不好，所以我和哥哥看到母親這一連串費解的行徑都非常詫異。「這裡離你們家也遠，我送你們回去吧。」其中一名警官打開了巡邏車的車門，載上我們三個人。我一時想到我們騎過來的腳踏車還放在那裡，不過頭上傳來哥哥堅定的聲音：「不用擔心，我明天再過來牽。」車窗外的風景一如往常，但我看著母親打瞌睡的樣子，卻有種做錯事的心虛感。

「小夜美妳還好嗎？」

「嗯……」

「……………」

「好可怕。」

「什麼東西好可怕？」

母親緊握起我的手，與此同時吐了出來。既酸又苦還摻雜著某些固體的濃稠嘔吐物都沾在她的牛仔褲上。

「先去洗個澡再說吧。這個味道連我聞到都要醉了。」

哥哥一回到家便這麼說，接著把重到不可思議的母親推給我。

「拿個東西給媽穿吧，她光溜溜的話，有些東西就算我不想看也會不小心看到。」

我從櫥櫃深處抽出之前那套扶桑花圖案的比基尼替母親換上。我負責幫母親洗身體，哥哥則用力幫母親洗頭，同時用指腹仔細按摩她的頭皮。

「好舒服呀——」

酒味從母親身上褪去，我和哥哥卻喘得要命。

「眞希望每天都有人這樣幫我洗澡。」

帶著橘色與黃色花紋的母親踏著沉重的腳步跑出浴室，應聲倒在客廳中央成大字形，伸了個懶腰後便開始打呼了。

「看起來好像被車輾過的青蛙。」

哥哥愣愣望著母親，深深嘆了口氣。

「讓她自然風乾吧。」

「那樣不會感冒嗎？」

「現在天氣沒那麼冷，應該沒事啦。」

說的也是。我說完後也大字形躺在母親身邊。替這麼大一個人洗澡累死我了。我躺在母親鼓脹的肚子上，用手臂擦去額頭上的汗珠；哥哥倒了杯麥茶給我，笑著說「任務結束」，而他的視線停在母親的肚臍下方。

「爸以前，很害怕那道傷痕呢。」

「害怕？」

不是討厭嗎？我問哥哥，哥哥說：

「男生比你想像中的還要敏感啦。」

九歲的我，還看不見大我四歲的哥哥眼中的風景。哥哥見我不明所以，捉弄了我一番：

「妳長大以後搞不好也會變這樣。」

「才不會！」我瞪著哥哥大吼。

「大家都說女兒會像媽媽不是嗎？」

「我才不一樣，我絕對不會變成這樣！」

我嚷嚷著宣誓，蓋過了母親的鼾聲。

「很難說哦。畢竟妳們有血緣關係啊。」

「我絕對不會變這樣！」

我怒視著無視反擊還嘲笑我的哥哥，拿起吹風機幫母親吹頭髮，想要掃除這份湧上心頭的憂懼。

隔天，母親像平常一樣站在廚房。後來父親的東西一點一點從家裡消失，但並沒有多出「新男人」的東西；至少在我們成年離家之前，從來沒聽過母親的情事。

＊

有一天，我突然發現和自己有來往的人，幾乎都是能不像母親就不像母親的人。既不小氣、脾氣又好，對外國人還一點偏見也沒有，不會說什麼中國人講話都很大聲很吵、外國人體味都很重之類的；不會嫌動物身上都是細菌，個性沉穩，用詞語調都很溫柔；修養好，待在一起的時候平平淡淡、不會興風作浪的人。無論是身邊的朋友，還是戀人，我都選擇了這類型的人，和他們相處令我莫名靜心，像我丈夫就完全是這樣的人；我會選擇他，也是爲了不讓我自己變得像母親一樣。

我從床上爬起來，看看睡在地上的丈夫，又看看自己的房間。

這座房間依然跟我小時候一模一樣。我翻開棉被，走進廚房打開冰箱，飲料櫃擺滿了黑醋和清酒，沒有東西是我想喝或能喝的，我只好轉開水龍頭裝了杯水。家裡的家具、電視櫃上的小竹耙、因長年承重而凹陷的沙發、堆在角落的灰塵、卡其色的厚重窗簾，都保持原樣等著母親或我或哥哥來打理。

玄關有雙陌生的鞋子，鞋尖朝著屋裡擺得整整齊齊；方才母親上二樓前應該鎖上的大門，現在是打開的。那雙藏青色的跑鞋，尺寸比丈夫的還要大上一些，鞋面有一層因長時間站在外頭而沾附的沙塵。

我一階、一階踩穩腳步走上二樓。我繃緊腳趾，小心翼翼、躡手躡腳爬著樓梯，以免自己摔跤。我邊爬邊數，確定數了十二階後，站定父母過去的臥室門前。狹長走廊上鋪的毛毯邊緣已經翹起，看起來就像這間老房子的皮膚，彷彿象徵著什麼都直言不諱的母親，和什麼都緘口不言的我。始終將我這種人排除在外的母親，現在人就在這裡。我膽戰心驚，手伸向門把。

「……真是的，」

我突然聽見身後有什麼聲音，於是轉過頭去。

「妳過來是想確認什麼？」

我緊握著門把，一股直達指尖的戰慄試圖將我推離門邊。

「就算妳開了門，之後又要說什麼？」

原來，是我自己的聲音啊。我摀住耳朵嘀咕：「也是，我又能說什麼？」我的聲音乾得幾乎無法順利通過喉嚨。

「妳只是不想承認，妳自己才是最害怕變得孤伶伶的那個人吧。」

我的聲音顫抖，在腦中迴盪，刺痛著頭的兩端。聲音繞來盪去，逐漸消融，當我等我安靜之後，我當場蹲了下來。

我討厭在父親與哥哥相繼離開這個家，我消耗著母親那大量衛生棉的日子，我的身體逐漸準備讓我變成應當封印性欲的樣子、變成母親的樣子。

我無法諒解母親的輕浮；她那接下來準備享受性的歡愉的模樣，簡直像在嘲笑唯有身體不由分說跟她愈來愈像的我。但我終究做不到像母親那樣，生了孩子、養大孩子送出家門，再另覓新歡，這些事情眞的有這麼容易嗎？我有種被母親推開的感覺，好像在說我不生小孩就代表我選擇了一個人過的未來。

黑暗逐漸攀撫我的身體，正當我感覺自己即將消融在空間之際，一陣無力襲來，像件皮草披到我身上。我回想父親的長相，然而眼底只浮現一張既呆板又無趣的表情。我不確定父親是不是長這個樣子，說起來好像又和我至今喜歡過的男人有幾分相像。那張臉隨後變成哥哥，又變成母親手機照片上的那個男人。黝黑男人的眼光尖銳刺向我的肚子，彷彿在質問我身體的價值，問我到底能做什麼。我想甩開這一切，然而他們卻跨在我身上，就是不讓我逃開。

母親用手背輕拍我的臉，叫醒我。我像待在子宮時一樣縮成一團，耐著痠痛慢慢張開四肢。「奇怪？小夜美妳怎麼在那邊？」丈夫在樓下驚呼的同時，我還聽見廁所的沖水聲與關門聲。我就躺在母親的房間前面。「這孩子以前就會這樣，人都睡著了還在家裡跑來跑去的。眞是的，妳都老大不小了怎麼還沒把這毛病改掉。」「咦？小夜美會這樣？我都沒發現。」我看著頭上的母親，她下巴處薄薄的白皙皮膚中透出蒼白的血管，看起來莫名嬌媚，我不禁別開了臉。

我突然在意起外頭，拉開窗簾，卻不見半個人影。取而代之的，是電線桿與電線桿之間一堆小小的白色石頭，和稍微大一號的黑色石頭。黑色石頭沐浴著晨光，映出亮麗的光輝。那堆圓滑又有光澤的石頭就像墓碑碎片，被胡亂扔上卡車貨台也不知何謂焦躁。我望著那彼此依偎的白色小石堆，突然感覺又有人從後面推了我，於是我靜靜拉上了窗簾。

「小夜美，這妳也帶回去好不好？」母親拍了拍我的肩膀，她手上拿著幾個裝滿菜的保鮮盒，並急著說明每一盒裡面裝什麼菜。我盯著母親的頭頂，我是長大後才知道她的髮旋長什麼樣子。她稀疏許多的頭髮捲捲的，可能剛燙不久；陽光穿入她的髮叢，似乎也透過了那幾縷沒有染到的白色髮尾。

上車時，我聞到一絲線香的味道。起初還以爲是我多心，不過隨著車速加快，味道也愈來愈濃，緊緊留在鼻子深處。途中我才發現，原來那氣味來自駕駛座上的母親。開往車站的車程格外安靜；我們沿著砂石路開，轉進大馬路後，路邊開始冒出一張張太陽能板，再往前則能看見零星的住家。在這種地方竟然也碰得上新的緣分嗎？我坐在副駕駛座，看著母親的側臉，想像她當時開了一個小時的車跑整形外科的樣子。「我待會送你們到車站後也要跑醫院一趟，去打針。」她搓了搓左腳，拉了拉人中又噘了噘嘴，視線始終望著正前方。

「妳如果也開始動不動跌倒的話自己要注意哦。」

已經開始會了。我欲言又止，望著路上的鶺鴒動著那雙牙籤般的小腳跑過馬路。我突然想起一件事，馬上打開手機的搜尋引擎。

「哦，那個東西叫義大利披薩餃啦。」

「什麼？」母親一頭霧水，左耳往我這邊貼過來問：「那是什麼東西？」

「妳不記得了？」

「記得什麼？」

「妳的肚子啊。」

「肚子？我的肚子可沒這麼扁。」

母親說我從以前就老愛說些莫名其妙的話，我嘆了口氣反駁，這時母親的車已經完美停進圓環路邊的白線車格。

車門開鎖的聲音誇張地響徹車內。

「好啦，你們兩個路上小心啊。」

「阿哲，拜託你別拋棄我們小夜美啦。」

我手抽離車門、抽離母親，腳邁了出去。母親探出車窗，朝我們揮別，丈夫也粗魯地拉著我的右手，向母親欠了欠身。丈夫的手冷冰冰的。我明明想在自己的體溫被奪走前、被吸走前甩開，但不知道為什麼，我反而緊緊握住了他的手。

初次刊載：春，逝《群像》二〇一八年十月刊
揮別母親《群像》二〇一九年十二月刊

逝去的是身體或感知？——《春光。已逝》

洪敍銘

《春光。已逝》除了是一部紀實文學的作品外，對於女性身體——更準確地說是「器官」的感官描寫上，有著非常坦誠的描寫。然而更值得讀者關注之處在於，這些鉅細靡遺的敍述所表現出來的「性」與「身體」，並非是一種「腥羶色」的噱頭，作者嘗試從當代社會中較容易被忽略的「老人的性」，或極力避談的「母親的性」，層層解離他們「成爲禁忌」的原因，通過書中角色的選擇與游移，表現出深刻且具歧異性的家族探索與身分認同，其中又尤以女性爲核心，或者可以說是作者紗倉眞菜對於己身經驗的深入挖掘的直視。

一般而言，人們常將物件書寫與女性身分的認同相互連結，當然，這和19世紀以來城市現代化的發展，以及女性在消費社會中所扮演的角色息息相關；然而，「家庭」物質空間與女性之間的關聯，如何作爲身體習慣的延伸，又如何導向對於其個人價值、意義的認同？向來是許多文學作品不斷嘗試探觸的議題，如黃宗潔（２０１１）所言，女性透過物件的傳承所建構的身分認同，除了表現在消費行爲外，她們與物件之間的互動，及其「惜物、戀物」的特質，均常反映在女性家族敘事的作品中（頁１２４）。

在這個脈絡的解讀上，《春光。已逝》儘管有著精采的對於情慾竄升、流動的書寫特色，但它仍無疑是一部女性藉由物件，展開對於自身家族記憶的深入探索、挖掘的坦誠之作。〈春，逝〉中富雄描寫妻子喜美代「愛操煩」的神經質十分活靈活現：

她什麼都要仔細消毒殺菌，就連牛肉也要烤到全熟甚至焦了才肯讓孩子吃。……喜美代害怕細菌孳生，所以依舊習慣吃完飯後要他喝杯熱茶；衣服一旦落地就得扔進洗衣機；她還視洗碗精為毒物，洗碗時總是沖了又沖，勢不留下任何一滴油汙。

在這段敘述中，可以清楚地看見喜美代與家庭物質空間的關係，而她的憂煩與焦慮，又與家庭成員（兒子）間有著非常深層的糾纏；然而，時間並沒有改變或減緩這樣的繁複關係，或者說，女性在關係中積累的抑鬱、爆發與決堤，往往被描寫爲某種解脫、突破空間的唯一途徑；〈揮別母親〉中亦有一段對於「內褲」的描寫，則深入了記憶的底層，卻同樣地被嘗試作爲一種可能的理解／誤解途徑：

母親說我的內褲也在裡面，我手伸進置物櫃抓了件感覺像內褲的東西，結果抽出一件我沒印象的白色蕾絲內褲，我當場傻住。

「我有這樣的內褲嗎？」

內褲在小說中所具有的重大作用，在於它帶出一段小夜美的童年記憶，即母親生產時的傷疤，這道傷疤讓小夜美產生罪惡感與困惑之處，在於當時來自父親與哥哥的嫌惡，以及究竟是什麼時候開始，母親對於這道疤痕也不再遮掩，甚至能夠自在地袒露了呢？

在本書中，讀者可以看見作者對於這些尋常物件如何連結角色內在及其家族敍事的純熟，並能夠再不著痕跡地轉換爲看似無關緊要的探索中。例如，〈春，逝〉中富雄對於妻子衣服及其早已消散的氣味的流連，對比著少時戀人文江「鑽入腐葉堆一樣吸進富雄身上的味道」的描述，乍看下是一種對於衰老的嘲諷，然而事實上，當氣味作爲一種身體記憶，它最終總能讓人從不斷陷落的異想中，痛苦艱難地回到現實；相似的是，〈揮別母親〉中小夜美幼時對那道稀奇古怪的麵皮料裡的狐疑，並將其與母親的肚皮、生產時的噁心感相互勾連，最終仍然是以身體爲場域，展開對於母親的情感巡航，那道「義大利披薩餃」在記憶中的血肉模糊，卻也眞實且無奈地寫出了她與母親間無法割離的血緣連結。

或者說，作者對於「血緣」的存在及其社會意義，以及如何作為「人」的認同、辨識有著非常執著的信念，〈春，逝〉、〈揮別母親〉分別藉由年逾70歲的男性（富雄）及年輕、尚未生子的女性（小夜美）的視角，訴說了兩段看似不同的生命敘事，其中交疊著各自複雜的家庭關係，深刻地、甚至具禁忌性地碰觸了「血緣至親」與「愛」之間那條看似必然存在的線性連結；不論是〈春，逝〉中喜美代對於獨生子賢治的抑鬱忍耐，或者〈揮別母親〉中小夜美對於母親難以具體形繪的排斥甚至憎惡，讀者都能輕易地看見一種對於「割捨」的艱難——我們能厭棄自己的親人嗎？

在筆者看來，《春光。已逝》最爲出色或說動人之處，是在這些劍拔弩張的緊繃關係裡，加入了更繁複的角色對應，例如，〈春，逝〉中富雄所揹負的桎梏與枷鎖，來自於對於妻子喜美代的罪惡感或不解、媳婦里香對富雄一家的抗拒，在於對毫無血緣關係之人的理解艱難，然而實際是直系血緣的孫女靜香對於兩代家庭關係的叛逆與挑釁，卻反而直切地斬斷，卻又搭建起「家庭」一詞所意涵的情感連結；無獨有偶的，〈揮別母親〉中，小夜美的丈夫阿哲對於岳母情人的反應，表現出對小夜美的淡漠甚至輕視，在看似一切如常的生活作息裡，深深地撼動著「家」的定義，也令讀者勢必再從本書的文字中，找到爲書中角色救贖的契機與可能。

當然，〈春，逝〉和〈揮別母親〉在結局的處理上不盡相同，也是作者賦予作品更多「後話」的空間，富雄與小夜美在兩個故事中，仍然沒有擺脫懸宕已久的陰鬱；富雄的眼疾看似在與妻子、媳婦、孫女、文江等女性角色的關係產生和解後有了痊癒的可能，然而老年男性的慾望如何抵抗那種「異樣」的投射？小夜美最終對於母親是否諒解？也進一步延伸出對於「身體究竟能否視爲一種容器」所衍生出內外感知交換兩難的藝術的、形而上的甚至是批判性的討論，無論如何，這都讓本書，有了能夠更進一步與日本當代社會環境相互對話的餘韻與深度。

解說者簡介　洪敍銘

文創聚落策展人、文學研究者與編輯。「托海爾：地方與經驗研究室」主理人，著有台灣推理研究專書《從「在地」到「台灣」：論「本格復興」前台灣推理小說的地方想像與建構》、〈理論與實務的連結：地方研究論述之外的「後場」〉等作，研究興趣以台灣推理文學發展史、小說的在地性詮釋爲主。

春光。已逝

出版　瑞昇文化事業股份有限公司
作者　紗倉真菜
譯者　沈俊傑

總編輯　郭湘齡
責任編輯　張聿雯
美術編輯　許菩真
封面設計　許菩真
排版　許菩真
製版　明宏彩色照相製版有限公司
印刷　桂林彩色印刷股份有限公司
　　　紘億彩色印刷有限公司
法律顧問　立勤國際法律事務所　黃沛聲律師

戶名　瑞昇文化事業股份有限公司
劃撥帳號　19598343
地址　新北市中和區景平路464巷2弄1-4號
電話　(02)2945-3191
傳真　(02)2945-3190
網址　www.rising-books.com.tw
Mail　deepblue@rising-books.com.tw

初版日期　2023年2月
定價　420元

國家圖書館出版品預行編目資料

春光。已逝/紗倉真菜作；沈俊傑譯. -- 初版. -- 新北市：瑞昇文化事業股份有限公司, 2023.02
208面；12.8x18.8公分
ISBN 978-986-401-605-1(平裝)

861.57　　111020263